文春文庫

侘《わび》助《すけ》ノ白《しろ》

居眠り磐音（三十）決定版

佐伯泰英

文藝春秋

目次

「居眠り磐音」主な登場人物

佐々木磐音《ささきいわね》　元豊後関前藩士の浪人。直心影流の達人。旧姓は坂崎。師である佐々木玲圓の養子となり、江戸・神保小路の尚武館佐々木道場の後継となった。

おこん　磐音の妻。磐音が暮らした長屋の大家・金兵衛の娘。今津屋の奥向き女中だった。

今津屋吉右衛門《いまづやきちえもん》　両国西広小路の両替商の主人。お佐紀《さき》と再婚、一太郎が生まれた。

由蔵《よしぞう》　今津屋の老分番頭。

佐々木玲圓《ささきれいえん》　直心影流の剣術道場・尚武館佐々木道場を構える。内儀はおえい。

速水左近《はやみさこん》　将軍近侍の御側御用取次。佐々木玲圓の剣友。おこんの養父。

依田鐘四郎《よだかねしろう》　佐々木道場の元師範。西の丸御近習衆。

松平辰平《まつだいらたつぺい》　佐々木道場の住み込み門弟。父は旗本・松平喜内《きない》。廻国武者修行中。

重富利次郎《しげとみとしじろう》　佐々木道場の住み込み門弟。土佐高知藩山内家の家臣。

霧子《きりこ》　雑賀衆の女忍び。佐々木道場に身を寄せる。

品川柳次郎《しながわりゅうじろう》　北割下水の拝領屋敷に住む貧乏御家人。母は幾代《いくよ》。

竹村武左衛門《たけむらぶざえもん》　陸奥磐城平藩下屋敷の門番。早苗など四人の子がいる。

弥助《やすけ》　「越中富山の薬売り」と称する密偵。

笹塚孫一《ささづかまごいち》　南町奉行所の年番方与力。

木下一郎太《きのしたいちろうた》　南町奉行所の定廻り同心。

徳川家基《とくがわいえもと》　将軍家の世嗣。西の丸の主。

小林奈緒《こばやしなお》　磐音の幼馴染みで許婚《いいなずけ》だった。小林家廃絶後、江戸・吉原で花魁《おいらん》・白鶴《はっかく》となる。前田屋内蔵助に落籍され、山形へと旅立った。

坂崎正睦《さかざきまさよし》　磐音の実父。豊後関前藩の藩主福坂実高《ふくさかさねたか》のもと、国家老を務める。

『居眠り磐音』江戸地図

新吉原
山谷堀
東叡山 寛永寺
待乳山聖天社
向島
今戸橋
上野
下谷東坂町
浅草
聖天町
浅草寺
竹屋ノ渡し
不忍池
下谷広小路
新寺町通り
新堀川
花川戸町
常泉寺
吾妻橋
源森川
業平橋
品川家
小梅村
首尾の松
十間川
北割下水
今津屋
本所
天神橋
石原橋
法恩寺橋
新シ橋
浅草御門
柳原土手
南割下水
横川
入江町
両国橋
金的銀的
長崎屋
薬研堀
竪川
松井橋
大川
鰻処宮戸川
浮世小路
若狭屋
六間堀
魚河岸
猿子橋
竈河岸
日本橋川
新大橋
小名木川
日本橋
鎧ノ渡し
万年橋
霊巌寺
深川
亀島橋
金兵衛長屋
霊岸島
八丁堀
永代橋
仙台堀
永代寺
鉄砲洲
富岡八幡宮
越中島
佃島
堺橋

護国寺
面影橋
中山道
日光御成街道
小石川
伝通院
本郷
石切橋
牛込
豊後関前藩上屋敷
湯島天神
神田川
牛込御門
水道橋
表猿楽町
神田明神
尚武館佐々木道場
駒井小路
駿河台
筋違橋御門
田安御門
昌平橋
市谷八幡宮
九段坂
神保小路
俎橋
雉子橋
内藤新宿
四谷大木戸
市谷御門
一橋御門
千鳥ヶ淵
鎌倉河岸
善国寺谷通
麹町
四谷
江戸城
本丸
竜閑橋
大手御門
四谷御門
半蔵御門
一石橋
西の丸
平川天満宮
道灌堀
和田倉御門
呉服町
馬場先御門
鍛冶橋御門
南町奉行所
比丘尼橋
数寄屋橋御門
三十間堀川
溜池
清小谷
氷川明神
木挽橋
原宿
愛宕権現
木挽町
長谷寺
増上寺
芝
宝泉寺
麻布村
麻布広尾町

侘助ノ白

居眠り磐音（三十）決定版

第一章　斬り合い

一

重富利次郎《しげとみとしじろう》は、老婆と孫娘らしい七つ八つの女の子が筵《むしろ》の上に並べた売り物の竹笊《たけざる》や籠《かご》の上に、小さな白椿《しろつばき》を置いているのを目に留めた。

南国土佐とはいえ正月も近い。孫娘の頰《ほお》は寒風に赤く、手にはしもやけができていた。利次郎は、

「高知の椿は小そうございますね」

とかたわらの父親百太郎《ひゃくたろう》に話しかけた。

「椿の一種には違いないが、そなた、茶心がないと見えて侘助《わびすけ》を知らぬか」

「侘助、はて、中間《ちゅうげん》の名のような花など知りませぬ」

「いかに江戸屋敷育ちの次男坊とは申せ、武家の子が侘助も知らずにどうする。この可憐《かれん》な花はその昔朝鮮から伝わってきたそうな。茶人に好まれてな、茶室に一輪活けられることが多い。侘助の名の由来は、侘と数寄《すき》、茶道の心得からきておるのだ。それがしは侘助ほど暮れが似合う花はないと思うておるわ」

父子の話を聞いていた老婆が顔を上げた。

「お武家様方は江戸から戻られましたか」

「御用でな、ただ今着到したところだ。この城下育ちのそれがしにはどこもかしこも懐《なつ》かしいが、倅《せがれ》は江戸藩邸育ち、初めてのお城下で、恥ずかしながらかようになにも存ぜぬ」

すると老婆が孫娘に何事か土地の言葉で命じるや、手にしもやけを作った孫娘が侘助を一輪選び、利次郎にそっと差し出した。

「なに、それがしに買えと申すか」

孫娘が顔を横に振った。

「なに、くれると申すか」

孫娘がこくりと頷《うなず》き、

「高知によう参られました」

と恥ずかしそうに言った。

「有難く頂戴《ちょうだい》いたす。それがし、高知がどのようなところか皆目推量もつかなかった。されどたった今、国許《くにもと》に戻った気がこみあげてきた」

利次郎は老婆と孫娘に頭を下げると侘助を襟元《えりもと》に差した。

土佐藩山内《やまのうち》家近習目付《きんじゆめつけ》として三百七十石を頂戴する重富百太郎、利次郎父子が、従者を従え、土佐山内家二十四万石の高知城下に到着したのは、安永《あんえい》七年（一七七八）の師走のことであった。

藩祖山内一豊から九代目、豊雍《とよちか》の代を迎えていた。

六代豊隆《とよたか》時代の宝永《ほうえい》四年（一七〇七）に土佐国を大地震が襲い、八代豊敷《とよのぶ》の治世下の享保《きょうほう》十二年（一七二七）には高知城を含む城下焼失の大火事が起こり、さらに享保十七年（一七三二）には害虫の発生で稲が壊滅し、幕府より一万五千両の借財を負っていた。

こうした逆風の中、豊敷は藩校教授館《こうじゆかん》を創立して海南朱子《かいなんしゆし》学《がく》を中心にした藩の教育制度を確立し、家中の子弟の養成に励んだ。さらに当代の豊雍は文武両道を掲げて家臣団を督励したが、相次ぐ天災人災の影響は厳しく、藩士の知行《ちぎよう》借上げを度々行うほどに追い込まれていた。だが、藩財政は一向に好転の兆しを見せなかった。

利次郎は父の帰国が藩御用に関《かか》わる措置であろうと、道中、百太郎が江戸から持参した書き付けを前に考え込んでいるのを見て推測していた。

「利次郎、これが高知城下で名高いはりまや橋じゃぞ」

利次郎は道々百太郎がはりまや橋のことを懐かしげに口にするのを覚えていたため、橋が意外にも小さいことに驚いた。

「父上、日本橋ほどの大きさがあろうかと思うておりましたが、可愛い橋ですね」

「江戸の日本橋と比べてはのう。高知城下の町人の数は一万四千余人と少ないゆえ、城下も橋も小さいわ」

百太郎が苦笑いし、

「この京町筋にある大店《おおだな》播磨屋《はりまや》と堺町の櫃屋《ひつや》の間に架《か》けられた私橋がはじまりだと聞いたことがある」

と記憶を付け加えた。

享保十二年の大火で焼失した高知城は、その後再建され、青空の下に天守閣が聳《そび》えていた。

百太郎は城の方角を望むと瞑目《めいもく》して帰国の挨拶《あいさつ》をなした。その姿に利次郎も従者たちも倣《なら》った。

江戸藩邸生まれの利次郎は、高知生まれの家臣の百太郎とは異なり、山内家や城へ対する敬慕の念が希薄だった。だが、利次郎とて重富家の奉公の第一が山内家への忠義心であることを十分に承知していた。

橋の両側では、近郷近在からやってきた百姓や漁師たちが食べ物や道具を売っていた。

「父上、高知は人情篤きところにございますね」

「そなたが考えるほどに、ことは容易ではない。二代忠義《ただよし》様に登用された家老野《の》中兼山《なかけんざん》様は、用水路の敷設や湊《みなと》の整備など土木工事を率先して城下作りに邁進《まいしん》なされ、新田開発、村役人制の強化、産業の振興などに努められたが、その際、強制的な労役に不満を抱いた百姓衆から怨嗟《えんさ》の声が起こり、それがために失脚なされた。『吸江五台山《ぎゅうこうごだいさん》は仏の島よ、ならび高知は鬼の島』と、苛烈《かれつ》な藩政基礎の確立をなされた野中様を領民はこう歌ったそうな。高知にはそのような過酷な一面も残っておるのだ」

「父上、吸江五台山とはなんの意にございますか」

「城下にある三十一番札所五台山竹林寺《ちくりんじ》や名刹《めいさつ》吸江寺のことじゃ。これらの札所や番外札所は人々を安心立命に導く仏の島という意でな、野中様の過酷な藩政確立の厳しい労役と並べて歌い、憂さを晴らしたのよ」

と利次郎に説明した百太郎が、

「ただ今の土佐藩が一番欲しておるのは、われら山内家家臣に厳しく迫る安永の野中兼山様かもしれぬな」

と険しい藩財政事情を洩《も》らした。その表情はだれかを想定しているふうがあった。

高知城下に生まれた百太郎が十歳の折り、亡父寿輔《じゆすけ》は江戸藩邸の定府《じようふ》を命じられた。ために百太郎ら一家は江戸の藩邸内御長屋に移り住むことになり、以後重富家は江戸暮らしが続いていた。

百太郎は寿輔の跡目を継いで近習目付見習になって以来、しばしば高知との間を往来してきた。ゆえに高知城下の変貌《へんぼう》も城中の情勢も知らないわけではない。

高知では武家地を廓中《かちゆう》と呼び、その西に上町、東に下町を配する三つの地域に大別され、廓中は東に堀詰、西に桝形《ますがた》で下、上町に通じ、廓中を東西に貫通する本町筋を基に、南側は中島町筋、北側の御屋敷筋、追手門筋の街路が整然と並行していた。

その昔、重富本家の屋敷は大御門前にあったが、江戸に出た後に返上し、追手門筋に分家の御槍奉行《おやりぶぎょう》の屋敷があるだけだ。

百太郎ら一行は、分家の重富為次郎《ためじろう》邸に滞在するために門を潜《くぐ》った。さすがに江戸藩邸の御長屋とは異なり、御槍奉行の屋敷は両開き長屋門の構えで堂々としていた。

玄関への石畳の左右に侘助が咲いているのが見えた。

「百太郎様、ようお戻りになられました」

と門番の老爺《ろうや》が一行を出迎え、よたよたと玄関先に走ると大声で、

「ご本家百太郎様、ご帰国にございます」

と呼ばわった。すると奥からばたばたと足音がして、

「伯父上《おじうえ》、無事のご帰着、祝着にございます」

と分家の嫡男真太郎《ちゃくなんしんたろう》と弟妹が出迎えた。そして、利次郎を見た真太郎が、

「利次郎どのか、なんと見違えたぞ。それがしが江戸勤番の折りはころころと太っていたように思うたが、今やなかなかの偉丈夫ではないか」

と五、六年前の記憶を眼前の利次郎と重ね合わせて、驚きの言葉を発した。

「真太郎どの、父のみならずそれがしまで厄介《やっかい》をかけます」

「わが屋敷を江戸本家の高知屋敷と思うて、お好きにお使いくだされ。なんの遠慮も無用です」

二十八歳ですでに奉公に出ている真太郎は心から歓迎の体《てい》で、

「おお、そうだ。利次郎どのにわが弟妹を紹介しておこうか」

と利次郎が初めて見《まみ》える従弟妹《いとこ》を紹介した。

寛二郎《かんじろう》は利次郎と同じく二十一歳、妹のお桂《けい》は十八歳で、重富家の福々しい顔立ちをしていた。

「伯父上、父が昼前からそわそわと待っておりますぞ」

と真太郎らが奥へと案内してくれた。

分家は追手門筋の武家地で、

「椿屋敷」

と呼ばれるほど椿が多く植え込まれた庭を持ち、侘助を含む寒椿が江戸からの二人を艶《あで》やかに迎えてくれた。廊下を歩きながらお桂が、

「利次郎様、襟元の侘助はなんぞ謂《いわ》れがございますので」

と訊いた。

「おお、これか。これは高知の持て成し心です」

利次郎は、はりまや橋の露店の老婆と孫娘から貰《もら》った経緯《いきさつ》を語った。

「それは利次郎様が城下に快く受け入れられた証《あかし》にございます」

とお桂が答えたところで奥座敷に到着していた。

「父上、伯父上と利次郎どのが参られました」

正月も近いというのに開け放たれた縁側にも座敷にも、昼下がりの光が射《さ》し込んでいた。

「ご本家、恙無《つつがな》い道中にございましたかな」

と為次郎が声をかけてきた。

分家の当主為次郎は百太郎の実弟で、二人は体格も気性も、顔付きまでよく似ていた。

「為次郎、こたびは利次郎を同道したで足手纏《あしでまと》いになるかと思うたが、なんのなんの、老いては子に従えとばかり、こちらが手を引かれる旅であったわ」

と苦笑いし、国境で見た不逞《ふてい》の浪人らの所業を利次郎が一人で鮮やかに始末した騒ぎまで語った。

「なに、土佐国境でそのようなことが」

と真太郎が問い返した。

「真太郎どの、父上の話はいささか大仰《おおぎょう》ゆえ、話半分に聞いてください」

と苦笑いした利次郎が百太郎に、

「父上、身内の行いを口にされるのはいささか親馬鹿に過ぎます。ご一統様聞き苦しゅうございます」

と注意した。

「確かにさようであったな。だが、正直な父の気持ちを申すとな、次男坊であるのをよいことにいつまでもふらふらとしておるで、国許への旅をさせれば少しは行動も改まろうと考えたのが誤りであったわ。ところがじゃ、為次郎、子は知らぬところで育っておった」

「ほら、その言葉が聞き苦しゅうございます」

しかめ面で利次郎がまた注意した。

「利次郎どの、口煩《くちうるさ》い伯父御がそうまで言われるのじゃ。きっとお言葉どおりであったのであろう。利次郎どのの締まった体付きを玄関先で見たとき、それがしも、利次郎どのはだいぶ変わったと思うたぞ。いくら体が成長する時期とはいえ、どうしてかようにも引き締まった体になったのであろうな。それがし、弟の寛二郎に見習わせたいほどじゃ」

　真太郎が長男の威厳で言い出した。

「真太郎、そこだ。直心影流尚武館《じきしんかげりゅうしょうぶかん》道場の稽古《けいこ》の賜物《たまもの》よ。佐々木玲圓《ささきれいえん》大先生と養子に入られた磐音《いわね》若先生の薫陶よろしきを得て、心身ともにかようにもぴりりと引き締まったのじゃ」

　百太郎はますます得意げだった。

「どうりで引き締まったわけが分かりました。猛稽古で鳴る佐々木玲圓様の武名はこの高知にまで知れ渡っておりますが、若先生もそれほどの腕の持ち主ですか」

　真太郎が興味を覚えたらしく問い質《ただ》す。

「磐音若先生は、豊後関前《ぶんごせきまえ》藩の国家老坂崎《さかざき》家のご嫡男でな、藩騒動に絡《から》み、外に出られたお方だ」

「あっ」

　と真太郎がなにか思い当たるように驚きの声を発した。

「あの坂崎磐音どのが、佐々木玲圓先生の後継になられたのでしたか。高知城下でも豊後関前の藩政改革は評判にございまして、関前藩の藩物産所の企てをこの高知でもできぬものかと、ただ今若い家臣の間で論議が始まっているところです」

と答えた真太郎が、

「利次郎どの、そなた、磐音先生直々に指導を受けておられるのか」

「まさか磐音先生の名が高知で知られていようとは夢にも思いませんでした。真太郎どの、それがしの道中着一切、磐音若先生と嫁様のおこん様が自ら揃《そろ》えてくださったものです。もっとも、新物ではなく古着ですが」

と余計なことまで言い足した利次郎だが、師の名を遠く高知城下で聞かされ、こちらも得意げに胸を張った。

「これ、利次郎、そなたも師を自慢するなど、いささか見苦しゅうはないか」

百太郎が最前の利次郎からの逆襲に冗談で反撃して、

「いや、真太郎、尚武館は三国一の花婿《むこ》花嫁を貰われてな、跡取りにいささかの不安もござらぬよ」

と自ら得心するように頷いたものだ。

「あら、伯父上、花嫁様もなんぞ曰《いわ》くがおありの方ですか」

と妹のお桂が江戸事情を知ろうと問うた。

「よう訊いた、お桂。おこん様はな、江戸の両替商六百軒の筆頭を務める今津屋《いまづや》の奥を仕切ってきた奉公人でな、まあ、江戸でも一、二を争う才色兼備の今小町よ」

「なんと、今津屋おこん様が尚武館のお嫁様ですか。確か豊後関前の藩物産所を興すに際して、今津屋の後見があったと聞いております」

「真太郎、よう承知じゃな。いかにも豊後関前の財政改革がなった背景には、江戸の両替屋行司《ぎょうじ》今津屋の後押しがあった。この両者を結び付けたのが坂崎磐音どのよ」

「父上、まるでご自分が藩改革をなされたようではございませぬか」

と利次郎が呆《あき》れ顔で父を見た。

百太郎は部屋住みの利次郎をなんとしても一人前にすべく、国許への旅に同道したのだが、次男の成長を知らずに過ごしてきた己を反省しているところだった。

「利次郎どの、そなたと竹刀《しない》を交えるのも楽しみではあるが、城下の若い家臣たちとの集まりに顔を出し、豊後関前の財政改革の一端を話してくれぬか。きっと励みとなろう」

「真太郎どの、それがし、磐音先生やおこん様の身近にいながら、ぼおっとその言動を見過ごしてきた迂闊者《うかつもの》です。されどお望みゆえ、それがしが知るかぎりでよければお話しいたします」

「真太郎、そなたは利次郎を円城寺の集まりに連れていくつもりか。本家を巻き込むのはどうかのう」

と父親の為次郎が案じた。

「父上、近習目付の伯父上の高知入りに迷惑がかかるようなことはいたしませぬ。ご安心くだされ」

利次郎は真太郎の言葉に、土佐藩もまた藩財政の悪化に苦しんでいることを思い知らされた。そして、父の高知入りがやはり極秘の御用を帯びてのことかと気を引き締めた。

廊下に足音が響いて、叔母《おば》のお敏《とし》が姿を見せ、

「おまえ様、長の道中をしてこられた百太郎様と利次郎どのをいきなり藩中の話に引き込んでは落ち着かれますまい。まずは湯を使っていただき、さっぱりしてもらわぬと、分家は持て成し方も知らぬかと笑われます」

と諫《いさ》めた。

「いかにもさようであったわ。本家、利次郎、積もる話は皿鉢《さわち》料理を前にして夕《ゆう》

餉《げ》の席で続けようぞ。まずは親子で湯に入ってくだされ」

「伯父上、利次郎様、桂が湯殿まで案内《あない》いたします」

とお桂が立ち上がった。

「道中もそうでしたが、父上と一緒だと、湯に浸《つ》かった心持ちもしませんよ」

「そう言われるな。旅の締め括《くく》りに、父上の背をたっぷりと流して差し上げるがよかろう。これも旅の功徳じゃ」

と真太郎に言い聞かされて利次郎はしぶしぶ頷いた。

さすがに高知城下の武家屋敷の湯殿だ。三、四人一緒に入っても十分な広さがあった。

利次郎は言葉とは裏腹に百太郎の背を丹念に流した。

「父上、お訊きしてようございますか」

「なんじゃ、改まって」

湯船に首まで浸かった百太郎が、気持ちよさそうな顔を利次郎に向けた。

「父上の高知入りは御用にございますな」

とろりとしていた百太郎の両眼がぎらりと光り、

「道中、そなたに話すべきかどうか迷うておった。もはやそなたも一人前の山内家の家臣の一人、承知しておいてもよいであろう。とは申せ、御用の詳細を話すわけには参らぬ」

と釘《くぎ》を刺した。

重富家は、藩主山内家の側近であると同時に、江戸の藩屋敷の諸々を密《ひそ》かに監察する近習目付だ。それが江戸を離れて国許の高知入りしたということは当然、江戸と高知が絡む不正不信があってのことと思われた。

「真太郎の改革話にもあったように、高知藩もご多分に洩れず、他の大名家と同じく藩財政はよくない。それどころか、江戸にいてはそう切迫感も薄かろうが、家臣団はこの十数年、半知《はんち》借上げが繰り返されるほど逼迫《ひっぱく》しておる。そのような折り、藩財政を立て直すと称して商人《あきんど》らと結託し、よからぬことを考える連中が姿を現しおった。こたびのそれがしの高知入りも、そのような匿名の訴えが江戸藩邸にあったことがきっかけでな。たれとは申せぬが、その名は浮かんでおる。そなたもそれがしと同道して高知入りした以上、なにがあってもよいように覚悟だけはしておけ」

「承知いたしました」

と短く答える利次郎を、百太郎が頼もしげな顔で眺めた。

「利次郎、一言添えておく。訴えの紙が鍵《かぎ》じゃ。このこと忘れるでないぞ」

「訴えの紙が鍵とは、またどのようなことですか。父上は訴え状を持参して高知に参られたので」

利次郎は矢継早に訊いた。

「匿名の訴え状は江戸に残してある。持参したところでなんの意味もあるまい。紙にこそ曰くがあるのだ」

と謎《なぞ》めいた言葉を最後に百太郎は口を噤《つぐ》んだ。

二

宝暦《ほうれき》九年（一七五九）、藩校教授館が創立され、土佐藩初期に藩の基礎を築いた野中兼山、谷秦山《たにじんざん》らの考えを受け継いで海南朱子学と独創の学問を中核とした教育制度が始まった。

当代の豊雍は教授館の額字を自ら書いて掲げ、文武両道を藩士らに奨励した。

豊雍の真の狙《ねら》いは、藩財政改革にあった。

藩士役人らが、高知で生産される特産物に寄生して特定の商人と結び付き、利殖を得る傾向が強く、さらに享保の飢饉《ききん》の被害が未だ土佐藩に重く伸《の》しかかっていたため、藩財政は好転しなかった。

教授館の教えは藩士の規律を正し、質素倹約を旨に生産性を高めることにあった。

だが、豊雍の狙いは成功しているとは言い難かった。

利次郎が従兄弟《いとこ》の寛二郎に伴われて追手門筋にある教授館の門に立ったのは、六つ半（午前七時）の刻限であった。

高知城下での最初の朝、利次郎は八つ半（午前三時）に起き、離れ屋の庭で、磐音から命じられた日課を始めた。

真剣を抜き打つこと半刻《はんとき》（一時間）の稽古は、東海道の戸塚宿から始まり、最初は丁寧《ていねい》にかたちを体に覚え込ませるために、五十回とは繰り返すことができなかった。だが、毎朝続けているうちに足腰も定まり、かたちも決まって、二百回ほど休むことなく繰り返すことができるようになっていた。

なにより抜き打ちの間と律動が生じたと自画自賛していたが、同時に、独り稽古ゆえ悪癖が生じていないか、その点が案じられた。

母屋と離れ屋には椿の垣根があって紅色の椿が咲き誇り、
しゅっしゅっ
と利次郎が抜き打つ稽古を眺めていた。

いつもどおりの半刻二百回抜き打ちを果たし、朝一番の日課でびっしりと汗をかいた。だが、長い道中をしてきた離れ屋の二人を気遣い、母屋では未だ静かに眠っているように思えた。

昨夜《ゆうべ》、高知名物の皿鉢料理を馳走《ちそう》に、百太郎と為次郎の兄弟は再会を祝して二人だけで一升数合、酒を飲んでいた。そのせいで離れ屋の百太郎の寝所からは高《たか》鼾《いびき》が庭まで伝わってきた。

利次郎は真剣を木刀に替え、直心影流の「法定《ほうじょう》四本之形」の一本目、八相《はっそう》から一刀両断、右転左転、長短一味を繰り返し稽古した。

「利次郎さん、もう起きておられたか」

と椿の垣根の向こうから寛二郎が顔を覗《のぞ》かせ、利次郎はいつしか朝が明け切っていることを知った。

「伯父上は未だ熟睡のご様子ですね」

「父と初めてかように長い時間を過ごしましたが、いつまでも若いと思うていたことが間違いと気付かされました。ご分家と久しぶりに会い、酒を飲み過ごされたようで、あのとおりの高鼾です」

利次郎は苦笑いした。

「利次郎さん、朝餉《あさげ》を食して教授館に参りませんか。それとも稽古は十分ですか」

と寛二郎は訊いた。

利次郎は佐々木玲圓から麻田《あさだ》勘次《かんじ》忠好《ただよし》への添え状を持参していた。だが、寛二郎の誘《いざな》いにより、麻田道場は後日訪ねることにした。

「教授館とは藩校でしたね。まさか素読をやらされるのではないでしょうね」

と利次郎は警戒したが、

「いえ、朝稽古は剣術が中心です」

と寛二郎が応じて、

「ぜひ連れていってください」

と願い、教授館訪問が実現したところだ。

分家の重富家から遠からぬ土佐藩二十四万石の藩校は、さすがに門構えからしてなかなか堂々たる威容であった。

「教授館は、家臣の子弟八歳から十四歳までは素読が中心です。体の骨格が出来上がる十五から四十歳の家臣には文武の兼修が課せられまして、文は経書、史書を教授方から講義を受け、武は、剣、槍、弓、馬が中心です」

寛二郎の説明のとおり、すでに論語の素読の声が響き、竹刀で打ち合う音も混じって聞こえてきた。

江戸から川止めなどもあって五十数日の道中、独り稽古に終始した利次郎の耳に、竹刀の音や気合い声が心地よく響いた。

「さあ、参りましょう」

分家から稽古着姿でやってきた利次郎は寛二郎に願い、門を潜って竹刀の音が響く武道場に向かった。

藩校である教授館の剣術稽古は、無外《むがい》流の都治《つち》道場、真心影《しんしんかげ》流の美濃部《みのべ》道場、一刀流の麻田道場、大石《おおいし》流の寺田《てらだ》道場の各道場主が二人交替で指導していた。

利次郎が訪れた朝、思いがけなくも玲圓が添え状を認《したた》めてくれた相手、一刀流の麻田勘次忠好と真心影流の美濃部与三郎《よさぶろう》が担当し、藩士二百数十人が稽古に汗を流していた。

寛二郎は初めての利次郎を見所《けんぞ》に連れていき、稽古着姿で目を光らせる麻田勘

次と美濃部与三郎の前の床に座して、

「麻田、美濃部両先生にお願いがございます」

と声をかけた。利次郎も寛二郎のかたわらに正座した。

「江戸より、従兄弟の重富利次郎が伯父の供で国許入りしてございます。本日より稽古の儀、お願い申し上げます」

と断り、二人の指導者がじろりと利次郎を見た。

「本家近習目付重富百太郎どのの子息か」

「麻田先生、いかにもさようにございます」

麻田は六十前後か、温厚な光を宿した慈眼をしていた。

一方、美濃部は三十二、三歳か、新進気鋭の武術家然とした鋭い眼差《まなざ》しで利次郎を見据えた。

「江戸ではどちらの道場に通うておられた」

「直心影流尚武館佐々木玲圓道場にございます」

「おお、佐々木先生の指導を受けておられたか。ならばしっかりとした腕前であろう」

利次郎の答えに、麻田が懐かしげに玲圓の名を呼んだ。

「いえ、麻田先生、恥ずかしながら未だ尚武館の持て余し者にございます」

利次郎は玲圓の添え状を持参したことは後で告げようと思った。

「風聞するに、佐々木玲圓どのは後継を得られたとか」

「門弟の一人であった坂崎磐音と申される方が佐々木家の養子に入り、佐々木道場十代目を継ぐことが決まりました」

「それはめでたい」

と麻田が笑みで応じ、

「坂崎磐音どのは豊後関前藩の家老の嫡男と聞いておるが、さようか」

と美濃部与三郎が問うた。

「いかにもさようにございます」

「ならば関前の中戸《なかと》信継《のぶつぐ》先生の弟子であったな」

「はい、さように聞いております」

「何年も前、関前城下に短い間ながら滞在して、中戸先生のもとで指導を仰いだ。その折り、幾度となく坂崎磐音どのの名は聞いた。佐々木道場の後継になるほどの逸材であったか」

と美濃部が言うと、ぽんぽんと手を叩《たた》き、稽古を中断させた。

二百数十人の家臣たちが左右の壁際に退《ひ》き下がった。

「江戸藩邸の近習目付重富百太郎どのの次男が、父御の供で初めて城下に入られた。利次郎どのは、江戸で名高い尚武館佐々木玲圓道場にて研鑽《けんさん》を積んでおられるそうだ。滞在中は稽古に通われるゆえ、ご一統に引き合わせておく」

と美濃部が利次郎を紹介し、利次郎も座したまま頭を下げて、

「宜《よろ》しくご指導くだされ」

と願った。

「ご当人は尚武館の持て余し者と謙遜《けんそん》しておられるが、どの程度の力か判断がつかぬ。ひどくかけ離れた者が相手では稽古にもなるまい。従兄弟の寛二郎と歳《とし》もほぼ同じゆえ、まずはそのあたりの見当かと思う。瀬降伸助《せぶりしんすけ》、三井玄之丞《みついげんのじよう》、池平《いけへい》四郎《しろう》、草薙徳左衛門《くさなぎとくざえもん》、稲葉安吉《いなばやすきち》、相手をいたせ」

といきなり利次郎の力試しになった。

利次郎は頭を下げて受けるしかない。

「利次郎さん、大丈夫か。いきなり試合になったが」

寛二郎が不安げな声で訊いた。

「力以上のものは、どうやっても出せません」

と応じた利次郎に、

「美濃部先生、坂崎磐音という名を聞いて張りきられたようだ。五人の中で瀬降は癖のある遣い手、稲葉安吉は地下浪人《じげろうにん》と呼ばれる下士ながら、五人のうちでは格段の実力者です」

と寛二郎が高知城下での初めての手合わせを説明した。

「寛二郎さん、当たって砕けろです」

とにっこり笑った利次郎は、尚武館での稽古や若手定期戦のことを考え、普段どおりに努めようと肚《はら》を固めた。

審判は、この試合を言い出した美濃部自らが務める気か、東西の対戦者の名を呼んだ。

東方は当然、利次郎一人だ。

西方の一番手は癖のある遣い手という瀬降伸助だ。

身丈が五尺三寸の小柄ながら、敏捷《びんしょう》な動きで利次郎を攪乱《かくらん》しようと最初から前後に足を踏み替えつつ、飛び込む機会を窺《うかが》っていた。

利次郎は瀬降と対戦して、自らの構えに余裕があることを感じていた。

この五十数日、独り稽古を続けてきた。試合の勘や駆け引きが鈍くなっていることを覚悟しての立ち合いだったが、反対に相手の動きがよく見えた。

(錯覚であろうか)

一瞬そう考えた。

だが、竹刀を右肩に担ぐように構えて前後左右に位置を変えつつ、攻めの瞬間を待つ瀬降の動きに、いささかの威圧も感じていないことを利次郎は楽しんでいた。

すうっ
と利次郎は正眼《せいがん》の構えで踏み込んだ。

この誘いに瀬降が乗り、小柄な体を丸めて、踏み込んできた利次郎の小手に迅速の攻めを見舞った。

だが、その前に利次郎の面が、踏み込んでくる瀬降の脳天に決まり、くらくらとその場に立ち竦《すく》んだ相手が腰から崩れ落ちた。

「面一本、東方の勝ち」

美濃部が淡々と利次郎の勝ちを宣告した。

西方二番手は、一年前の利次郎を思わせる太った体格の池平四郎だ。

両者は正眼に構え合った後、阿吽《あうん》の呼吸で互いが面打ちに出たが、竹刀の早さが勝る利次郎が鮮やかに決めた。

二人を破った利次郎に場内が初めて沸いた。

三番手草薙徳左衛門は脇構《わきがま》えに竹刀を流し、利次郎の攻めに応じて後《ご》の先《せん》を決める構えと思えた。

利次郎はその企てに乗った。

正眼の構えのまま竹刀の先を前後に動かしつつ、摺《す》り足で一気に間合いを詰めた。脇構えの竹刀が、

「ござんなれ」

とばかりに利次郎の竹刀の動きに合わせ、小手に巻き落とそうとした。

草薙の得意技だったが、ここでも利次郎の迅速が勝って、
ばしり
と面を決めて床に草薙を転がしていた。

「おおっ」

というどよめきが起こった。

四番手三井玄之丞はまだ前髪を残した若侍であったが、透き通るような肌の顔がぱあっと紅潮し、利次郎を最初から攻めに攻めまくった。

だが、利次郎はその場をほぼ動くことなく、相手の変幻する連続技を丹念に返し、最後は捨て身の胴打ちを狙ってくるところを鮮やかな面打ちで仕留めた。

利次郎は自ら驚きを禁じ得なかった。

四人に勝ったからではない。相手の間合いと動きがよく見えることに対してだ。

(これはどうしたことか)

若先生の忠告を忠実に守り、朝の抜き打ち稽古を続けてきた成果か。確かに感じ取れることは、足腰がどっしりとして以前より安定性が増したことだった。

おそらく五十数日、大小を腰にして平均十里の道中をしてきたことも、体の安定を確かなものとした一因かもしれないな、と利次郎は考えながら、最後の対戦者稲葉安吉と礼を交わした。

「暗い目付き」

それが対戦者稲葉安吉の印象だった。

地下浪人なる身分が下士であることは、寛二郎の説明で承知した。だが、江戸藩邸育ちの利次郎には、その身分の格差がどれほど過酷か、正直分かってはいなかった。

ただ、暗い眼差しの中にめらめらと憎しみをこめて燃える闘志が、なんとなく身分の差ゆえのことかと漠然と察したことだった。

だが、それも一礼を交わした瞬間に思ったことで、あとは油断のならぬ相手への対応だけを考えた。

稲葉安吉は足を揃えて立ち、竹刀を体の前に投げ出すように流したが、その切っ先が床から一、二寸宙に浮いていた。

異形である。

利次郎は初めて見る構えだが、正眼で相対した。

稲葉は暗い眼差しで利次郎を射竦めるように凝視して動かない。

利次郎が動くことを想定して構えていた。

前に投げ出された竹刀がどう動くか、考えの外に置いた。

ただ、稲葉の両眼の動きと変化を見ていた。

一年前の利次郎なら、初めての相手に接したとき、自ら仕掛けていったであろう。今は待つことも、

「戦いの裡《うち》」

と考えられ、不動の姿勢を続けることができた。

どれほど時が流れたか、稲葉安吉が、

すうっ
と息を吸い、呼吸を停止した。

次の瞬間、竹刀の柄頭《つかがしら》に伸しかかるようにして踏み込み、その反動を利用して虚空に身を飛ばしていた。そして、不動の利次郎の頭上でくるりと回転すると利次郎の背後に、
ふわり
と降り立った。

その瞬間、稲葉は竹刀を自らの頭上に立てて構えていた。跳躍に利用した竹刀が利次郎の後頭部を襲った。

道場に非難の叱声《しっせい》が上がった。

江戸から来た新参者とはいえ同じ家中、それを奇策で仕留めようとした稲葉への非難の声だった。

利次郎は右足を軸にくるりと回転すると稲葉の竹刀に合わせ、動きを止めると、絡み合った二本の竹刀を二人の体の横に流し落とした。

「うむ」

稲葉が必死に、合わされた利次郎の竹刀を外そうとした。だが、利次郎の押さ

える竹刀の力が勝っていた。微動だにしない。

利次郎と安吉は、間近で互いの目を読み合った。

稲葉の目に狼狽《ろうばい》があった。

利次郎に余裕が生まれた。

試合の主導を握っているのは明らかに利次郎だった。

互いに相手の呼吸を読み合った。

稲葉のそれはわずかに弾んでいた。

だが、一方の利次郎は未だ乱れてはいなかった。

利次郎は押さえていた竹刀の力を不意に緩《ゆる》めると、すいっと間合いを外して下がった。

当然、稲葉安吉が攻め込むことを想定しての動きだった。

思惑どおり、稲葉は利次郎の後退の距離を読み、竹刀を水平に上げつつ切っ先を引き付け、一気に踏み込んできた。

一撃必殺の喉元《のどもと》への突きだった。

利次郎は逃げなかった。

突きに向かって踏み込むと、竹刀の横の動きで垂直に攻めを払った。

稲葉の竹刀が流れた。そこで稲葉の竹刀が変幻すると、踏み込んできた利次郎の胴を狙い澄まして打った。

だが、突きを外した利次郎の竹刀が稲葉の面を捉《とら》えたのが一瞬先だった。

ぐちゃ

という感じで稲葉安吉が床に腹這《はらば》いに転がった。

「面打ち一本！　重富利次郎どのの勝ちにござる」

と美濃部与三郎が宣告して、利次郎の力試しは終わった。

「ふっ」

と剣道場内に吐息が流れた。

三

朝稽古がいつもより遅く昼近くに終わり、利次郎と寛二郎は教授館の門を出ようとした。すると、

「寛二郎さんや、屋敷に戻る気か」

と言う声が二人の背からした。

振り向くと、草薙徳左衛門ら若い面々が四、五人いた。利次郎と手合わせした五人の内、姿が見えないのは稲葉安吉だけだ。

「なんぞ用か」

と寛二郎が訊き返し、

「屋敷に戻って冷や飯を食うのなら、堺町あたりでうどんでもすすらぬか」

「それもいいな」

と寛二郎が答えて利次郎を見た。

「稽古着ですが構いませんか」

「われら、次男、三男坊が出入りできるうどん屋です。衣服など気にするところではありません。それより懐《ふところ》に銭があったかな」

と寛二郎がそのことを気にした。

「寛二郎さん、なにがあってもいいように一応財布は持参しました」

と道中で気遣いをするようになった利次郎が答えると、寛二郎がにっこりと笑い、

「付き合うぞ」

と仲間に応じていた。

稽古の帰りには時にこのような集まりをするのだろう、馴《な》れた様子だ。

利次郎はなんとなく、類は友を呼ぶな、と考えていた。

偶然にも美濃部が利次郎の相手に指名したのは、山内家の中堅幹部の次男、三男ばかりのようで、銭はないが時間だけはふんだんにある面々だった。

草薙らは、江戸や尚武館の話を聞きたいのか、利次郎を誘った様子だ。

利次郎の力試しが終わったあと、利次郎のおよその力が判明したため、稽古を申し込んでくる相手の年齢が最前の五人より三、四歳上がっていた。それだけに利次郎としても必死に相手を務めた。だが、全く歯が立たぬという相手ではなかった。利次郎と同じ力か、それより少し上の面々だった。

そんな稽古が一刻《いっとき》（二時間）余り続き、年長者たちが教授館の武道場から姿を消したとき、利次郎は従兄弟の寛二郎と初めて稽古をした。

剣術があまり得意ではないという寛二郎は、試しに選ばれた五人よりだいぶ実力は下だった。

「利次郎さん、なかなかやるな。やはり尚武館道場の稽古は厳しいですか」

短い稽古で音《ね》を上げた寛二郎が利次郎に訊いた。

「尚武館に入門した折り、でぶでぶと太っておって動きも悪く、稽古についていけませんでしたよ。それでも、それがしと同じような仲間が何人かいたので、体が絞れてきました。すると動きもよくなり体力もついてきて、同じ頃入門した松《まっ》平辰平《だいらたつぺい》とそれがしの申し合いは、先輩方に、おぬしらのは剣術の稽古ではない、軍鶏《しゃも》の喧嘩《けんか》だと侮蔑《ぶべっ》されたものです。それでも、辰平が痩《や》せ軍鶏、それがしがぶ軍鶏と呼ばれだした頃から、体の動きが少しばかりよくなってきました。磐音先生らの指導を受けて、なんとかかたちができた段階です」

「いや、かたちができたどころではない。教授館の門下生の上位下か、中位上の力が十分にありますよ。私も利次郎さんが高知にいるうちになんとか頑張って、力を付けたいな」

と感想を述べたものだ。

七人の面々が、大店が暖簾《のれん》を掲げる京町筋を行くと、店頭から女中衆や小僧が顔を覗かせて声をかけてきた。すると三井玄之丞が手を振って応じた。

「玄之丞はこの顔立ちゆえ女子供に人気があるのだ」

と寛二郎が利次郎に説明した。

「土佐っぽには珍しく整った顔立ちだからな」

高知の気風は江戸よりも遥《はる》かに大らかのようだと、まず利次郎は安心した。

わいわいがやがやと進むと、不意にはりまや橋に出た。

利次郎が昨日侘助を一輪貰った老婆と孫娘は、今日も商いに出ているかと見ると、いた。孫娘も利次郎に気付いたようで、仲間と行く利次郎を見ていた。

「昨日は有難う」

走り寄って利次郎が声をかけると、孫娘が赤い頰をさらに赤らめた。

「利次郎さんに侘助をくれた娘ですね」

仲間のもとへ戻ると寛二郎が尋ねた。

「いかにもさようです」

「江戸育ちはなかなか隅に置けぬな。もう娘に話をつけたか」

瀬降が口を挟《はさ》んできた。

「瀬降どの、相手は七つ八つの子供じゃぞ」

寛二郎が利次郎に代わって答えた。

「七つ八つでも、そのうち年頃になるわ。われら、数年内に婿入り先を見つけぬと、小者《こもの》以下の暮らしに一生甘んじなければならぬぞ」

と瀬降が真剣な口調で答えたものだ。

利次郎は、国許でも次男、三男の置かれた立場は厳しいようだと、なんとなく仲間たちに親しみが湧《わ》いた。

はりまや橋を渡り、堺町に入ると、急に気取りのない街並みに変わった。酒食の匂《にお》い漂うところからして、利次郎ら部屋住みが江戸で馴染《なじ》みの町だと安心した。

草薙らが利次郎を連れていったのは、

「うどん」

の幟《のぼり》は上がっていたが素朴な菜で酒も飲ませる、江戸で言えば煮売り酒屋と同じような店だった。

「われらが出入りできる店だ。これでよいか」

瀬降は利次郎に念を押した。

「尚武館の仲間と行く神田明神下の酒屋に雰囲気が似ています」

「馳走したくともわれら一家の持て余し者、これがせいぜいだ」

と自嘲《じちよう》した瀬降が懐から手拭《てぬぐ》いに包んだ何十文かの銭を広げてみせ、

「各自寄進しろ」

と命じた。

薄汚れた手拭いに次々に銭が投げ入れられ、利次郎の番になった。初めての付き合いゆえ、迷った末に一分金を入れた。

「おお、さすがに江戸者は懐が豊かじゃな」

「そうではありません。尚武館で寝泊まりして稽古稽古の明け暮れ、懐に一朱とあった例《ためし》とてございません。それでも若先生やおこん様が気を遣うてくださるので、飲み食いに不足はありません。本日は新参者ゆえ、気張らぬと後々付き合うてもらえませんからね」

と利次郎が弁解して苦笑いした。

「よい心掛けである」

と瀬降が褒《ほ》め、

「親父、ちと相談がある」

と狭い土間の店から台所に入っていった。

利次郎らは年季が入った板張りの入れ込みに席を占めた。客は昼時分を過ぎたせいか、船頭風の男が一人うどんを啜《すす》っているばかりだ。

「利次郎どの、そなたの父上は江戸藩邸の近習目付でしたね」

三井玄之丞が問うた。

「代々そのようです。ただし兄が継ぐので、それがしは部屋住みです」

「まさか高知まで婿入り先を見付けに来られたわけではありますまいな」

と池平四郎が訊いて、玄之丞が話の腰を折られたという顔付きをみせた。

「父の胸中には、あわよくばという気持ちがないこともないでしょう」

「競争相手が一人増えたぞ」

と平四郎が呻《うめ》いた。そこへ瀬降が姿を見せて、

「本日は一人二合半までの酒に、菜とうどんが食い放題に付く」

と首尾を報告した。

「そいつは豪儀な」

平四郎が相好《そうごう》を崩した。よほど酒好きと見えた。

「それにしても悔しか」

と瀬降が利次郎を睨《にら》んだ。

「江戸帰りの家中の方々に尚武館道場は稽古が厳しいと聞いたが、利次郎どのは尚武館でどの程度の力か」

「それがしなど若手の間で勝ったり負けたりの実力。尚武館では下から数えたほうが早いくらいです」

少し謙遜して答えた。

「なに、それほど下位の利次郎どのにあっさりと負けたか」

瀬降伸助が呻いた。

「伸助さん、道場の話は忘れよ」

と草薙が言うところに、大徳利で酒が出てきた。

一同に茶碗《ちゃわん》が回され、酒が注《つ》がれた。

「よう高知に参られた。歓迎いたす」

と草薙が音頭をとって、全員が茶碗に口を付けた。

利次郎は、寛二郎らがまるで水でも飲むように酒を一気に飲み干したのには驚いた。これが高知流か。

「なんだ、利次郎さん、江戸ではくいっと酒を空けぬのか」

「はあ、そのような飲み方をしたらすぐに酔い潰《つぶ》れます」

「土佐もんは、一升や二升の酒で酔い潰れては酒飲みの中に入れてもらえぬぞ」

瀬降は言うと、独酌で新たな酒を注ぎ足した。

「利次郎どの、城中でそなたの父上の国入りに対して奇妙な噂《うわさ》を聞いた」

と再び父百太郎のことを持ち出したのは三井玄之丞だ。

「なんだ、奇妙な話とは」

と瀬降が玄之丞を睨んだ。

「重富百太郎様の国入りは、家中の不正に絡んでの内偵探索ということだ。ために一部の重臣方と京町筋の商人は、戦々恐々としておられるそうな。利次郎どのもそれを承知ですか」

いえ、と利次郎は即座に否定すると、

「父が御用で高知入りしたかどうかは存じません。またそのようなことは、家でも一切洩らされません。江戸を出るとき、母が利次郎によい婿入り先があるとよいのですがと呟《つぶや》かれたところをみると、それがしの養子先を思案しての高知入りかと考えております」

利次郎は父の百太郎の御用のことを隠すために、自らの婿入り先を探す目的で高知に下向したと積極的に告げた。

「やはり、一人競争相手が増えたぞ」

池平四郎が憮然《ぶぜん》と呟く。玄之丞がさらに話を戻しかけたとき、寛二郎が、

「尚武館の若先生のことを話してください」

と話柄を逸《そ》らすためにわざと言い出した。

「剣の腕前は別格にして、人柄がさらに格別です。ようも豊後関前藩が磐音先生を手放されたと思います」

「なに、自ら藩を辞されたのか」

「噂です。真実かどうか定かではありません」

と前置きした利次郎は、

「磐音先生は、藩政改革に絡んで敵の奸計《かんけい》に陥った友を、上意討ちに斬《き》らねばならぬ仕儀に立ち至ったそうです。その当時、江戸から国許に戻った直後のこと、幼馴染《おさななじ》みの友とは心を許し合うたばかりか、その妹と数日後に祝言《しゅうげん》を挙げる予定だったのです」

「なんと、そのような状況下で友を斬られたか」

と寛二郎が訊いた。

「上意討ちに逆らえる家臣がいるでしょうか。磐音先生は命に従い、友を斬り、死に至らしめた。ために妹との祝言を諦《あきら》められ、藩を抜けられたのです」

「なんということが」

「藩政改革は頓挫《とんざ》したのですか」

三井玄之丞が問うた。

「磐音先生がえらいところは、ここからです。江戸に出られた磐音先生は浪々の身を厭《いと》わず、働かれた。そして、賃仕事を通して知り合いになった豪商両替商の今津屋様方と旧藩を結び付けられ、藩財政立て直しの下働きに尽力なされたのです」

利次郎は知り得るかぎりのことを話した。父の百太郎の高知入りを糊塗《こと》するためにも、江戸の話に興味を転ずるのがよいと考えたからだ。

「尚武館の佐々木玲圓先生も、そのような無骨な磐音先生の生き方をしっかりと見ておられたのでしょう。尚武館の後継として迎え入れられ、さらに今津屋の奥向きを仕切っておられたおこん様が磐音先生の嫁になり、尚武館はただ今、道場経営も佐々木家も万々歳にございます」

「ふーむ」

と鼻で返事をした瀬降が、

「尚武館佐々木家は徳川家と繋《つな》がりが深いというが、それは真実でござろうか」

と言い出した。すでに瀬降は三杯の茶碗酒を飲み、浅黒い顔に赤みを帯びていた。

「尚武館の剣友や諸先輩方に幕府の要人が多いことは事実です。さらに磐音先生が家基様の剣術指南役を仰《おお》せつかったのも真《まこと》です。それ以上のことは、一門弟には分かりかねます」

と利次郎は瀬降の問いに答え、

「なんと一町道場が、次の将軍になられるという西の丸様の剣術指南とな」

と瀬降が呻いた。

「だから、佐々木道場は一介の町道場ではないのだ。わが家臣らが佐々木道場に入門されるのもそのせいであろう」

と草薙が得心したように言った。

一同は一人あて二合半の酒をあっさりと飲み干し、今一度金子《きんす》を集めた後、また一升を注文した。

利次郎は用心して一合ほど飲んだだけで、こしの強いうどんを食して満足した。

そのうどん屋に思いのほか長時間居座っていたらしく、店を出たとき、陽《ひ》は大きく西に傾いていた。

堺町筋からはりまや橋を渡り、京町筋へと戻るのは、寛二郎、利次郎、三井玄之丞の三人だった。

はりまや橋を渡った袂《たもと》にあの老婆と孫娘がいるかと、利次郎は視線を巡らしたが、もう露店は姿を消していた。

「寛二郎さん、稲葉安吉どのとは道場外での付き合いはないのですか」

利次郎は、五人の中で一人だけ顔を見せなかった稲葉のことを尋ねた。

「利次郎さん、高知では士と卒は身分違いゆえ、道場外で付き合うことはありません。安吉は、剣術の腕を買われて教授館入りした、たった一人の卒です。ために必死に勝ちに拘《こだわ》る傾向が強いので、玄之丞どのらには嫌われています」

「寛二郎、そなたは違うと申すか」

と玄之丞が絡むように言った。

「あいつの執拗な剣術は私も嫌いです」

「で、あろう。士と卒は違う。これは利次郎どのに是非覚えておいてほしいことです」

「はい」

とだけ利次郎は答えていた。

「それともう一つ、それがしが最前言いかけたことだが、父上の百太郎様のお国入りを良からぬことと思うておられる方々がいる。利次郎どの、注意なされよ」

「もし父がそのような命を受けて国許入りしたのであれば、覚悟の上のことでしょう。それがしも精々父の行動を見守ります」

「それがよい」

三井玄之丞と利次郎らは追手門筋に入る広小路で別れた。玄之丞の背を見送っていた寛二郎が、

「本日、集まった面々の中で奉公に上がることが決まっているのは、御小姓見習の玄之丞どの一人だけです。それだけに、玄之丞どのは城中の噂をあれこれと小耳に挟んでいる」

とどことなく寛二郎は、

「苦手だ」

という顔付きを見せた。

分家の門前に戻ると、江戸から重富父子に従ってきた小者の治助《じすけ》が家紋入りの提灯《ちょうちん》を持ち、姿を見せたところだ。

「治助、どこへ参る」

「百太郎様を追手門までお迎えに参ります」

「ならばそれがしも同道しよう。ちと待ってくれ」

と門前に治助を待たせた利次郎は離れ屋に急ぎ戻ると、稽古着から道中着に着替え、大小を腰に差し落として門前へと戻った。すると真太郎と寛二郎の兄弟がいて、

「われらも同道いたそうか」

と兄の真太郎が利次郎に言った。

「真太郎どの、下城に際して倅ばかりか甥《おい》二人に護衛させたとあっては、父の立場もございましょう。まだ陽が残っておりますので、それがしと治助で十分かと思います」

「そうだな、追手門前に三人が雁首《がんくび》揃えていては、百太郎伯父の体面にも関わろう。本日は利次郎どのにお任せしよう」

と答えた真太郎が、

「利次郎どの、そなたが教授館で五人抜きをした話、すでに城中で評判になっている。意外に早くそなたの婿入り先が決まるやもしれぬぞ」

冗談とも本気ともつかぬ口調で言ったものだ。

「喜ばしいことです」

「おや、本気にしておらぬな。高知というところ、これはと思った男子を射止めるに、一家を上げて攻めてくる土地柄。そのときは覚悟めされよ」

はい、と利次郎は真剣に答えていた。

四

利次郎と治助が追手門前に到着したとき、幾分残照があった。門内の杉の段が望めて、下城する家臣が一人ふたりと姿を見せ、そして、追手門を出ていった。すぐに太鼓の触れがして、追手門の乳鋲《ちびょう》を打った両開きの扉が門番の手によって、

ぎいっ

と音を立てて閉まり、通用口での出入りとなった。

二人は百太郎を半刻、一刻と待った。だが、百太郎が通用口から姿を見せることはなかった。

利次郎は五つ（午後八時）の時鐘を聞いて通用口の門番に声をかけた。

「門番どの、それがし、江戸藩邸近習目付重富百太郎の迎えの者にござる。父百太郎が未だ城中におるかどうか問い合わせてもらえませぬか」

六尺棒の門番が御番衆に問い合わせを取り次ぎ、

「暫時《ざんじ》待たれよ」

の答えに利次郎は通用口から離れて待った。

門内からは何の音沙汰《おとさた》もなかった。四半刻《しはんとき》（三十分）も過ぎた頃、閉ざされていた通用口が開き、百太郎自身が姿を見せると、門内に向かって、

「遅くまで造作をおかけ申した」

と礼を述べ、利次郎らを振り返った。

昨夜来の父の姿だったが、憔悴《しょうすい》しきった様子が治助の持つ提灯の灯《あか》りに浮かんだ。

「お務めご苦労に存じました」

うーむ、と答えた百太郎が、

「出迎えに参ったか」

「することもございませぬゆえ」

と利次郎が応じて、百太郎が手に提げた風呂敷《ふろしき》包みを受け取った。書類か帳簿でも入っているのか、ずしりと重かった。

「軽うなった」

と重荷でも下ろした様子の百太郎が急に、うっふっふと笑い、

「そなた、教授館で五人抜きをしたそうじゃな」

と破顔を利次郎に向けた。

「父上、教授館の若手連中との稽古です。五人抜きくらいせぬと、神保小路《じんぼうこうじ》に戻ったとき、大先生と若先生に叱《しか》られます」

「尚武館のほうが稽古は厳しいか」

「いえ、教授館も稽古は厳しゅうございますが、尚武館のほうが多彩な人材がおられて、同じ稽古量でも密度が濃いように思えます」

「尚武館には、腕自慢の直参《じきさん》旗本から三百諸侯の家臣らが稽古に来られるでな。土佐の田舎《いなか》とは比べものになるまい」

「いかにもさようです」

と応じた利次郎は声を潜《ひそ》めて訊いた。

「お調べは進みましたか」

「目処《めど》は立った」

「それはようございました」

百太郎は歩きながらも左手で瞼《まぶた》を軽く揉《も》んだ。

「朝早くから分家を出たようじゃが、一日、教授館におったか」

「いえ、御用をお勤めの父上には申し訳ございませぬが、立ち合うた若手の方々に誘われて、はりまや橋の向こう、堺町の安直なうどん屋に参り、酒を酌み交わしました。城下の方々は酒が強うございますな」

「あの飲み方は江戸では考えられまい。大きな酒器でぐいぐい飲むのを自慢にしておられるからな。その上、酔い潰れるまで飲むのをよしとする悪癖がある」

と百太郎が苦笑いした。

「江戸では飲みたいときに酒が飲めないわけではない。一方、ただ今の高知ではさようなことは許されぬでな、飲めるときに飲んでおこうという卑しい気持ちが先に立つ」

「高知では滅多に酒は飲めませぬか」

「昨日も言うたが、ただ今豊雍様の改革の最中だ。城近くで白昼から茶屋酒などを飲むのは憚《はばか》られよう。なにしろ、二十万石格を十万石に落として暮らしを立てよとの触れが出ておる。豊雍様自ら率先して紙衣を召され、一汁一菜と食事まで切りつめておられるのじゃ」

百太郎の話に、山内家が直面している藩財政の厳しさを利次郎は思い知らされた。

「われら、呑気《のんき》にうどん屋で酒を飲んでしまいました」

と反省の言葉を口にする利次郎に、

「若手連中も、そなたを迎えて嬉《うれ》しかったのであろう。飲むといっても堺町のうどん屋では高が知れておろう」

「父上、本日美濃部先生が指名なされた五人のうち、四人までがうどん屋に参られましたが、稲葉安吉どのだけが呼ばれませんでした」

「ほう、またそれはなぜじゃ」

「在所の卒の出とか。高知では、江戸では考えられぬほど身分の違いは大きゅうございますな」

「そうか、稲葉は下士であったか。道場では共に稽古はしても、飲み屋には呼ぶまいな。高知の厳しい藩風でな」

と説明した百太郎が、

「豊雍様の藩政改革を主導しておられるのが、下士の久徳台八《きゅうとくだいはち》というお方でな、豊雍様の強い支持があればこそ、質素倹約を旨とした経費削減が進んでおる。じゃが、陰では、生まれついての腹っぺらしの台八のお題目は、節約倹約質素に我慢、われらはとても付いていけぬ、と不平を洩らす者もいるやに聞く」

百太郎は、豊雍に抜擢《ばってき》されて本名を直利《なおとし》と変えた久徳を、昔どおりに台八と呼んで説明した。

「父上が内偵されている御用の背景には、藩政改革に異を唱える人たちがおられるのですか」

「いつの世も不平不満を抱く家臣はおるでな、そのような者が城下の豪商と組んで私欲を図ろうとしておる」

利次郎の考えを百太郎が認めた。

「利次郎、覚えておけ。こたびの改革に反対する勢力は、紙、茶、漆《うるし》など高知の特産品の専売制を嫌うて、生産者から藩で買い取る値より幾分でも高く仕入れ、上方などに横流しして私腹を肥やしておるのだ」

と百太郎が利次郎だけに聞こえる声で言ったとき、前方に人の気配を利次郎は感じ取っていた。

「父上、この場でお待ちを」

と百太郎をその場に留《とど》めると利次郎は提灯持ちの治助の前に出た。すると灯りが利次郎の背後から照らされ、ために前方に待ち受ける六、七人の黒い影を認めることができた。全員が怪しげにも面体《めんてい》を頭巾《ずきん》や手拭いで覆っていた。

「どなたかな」

利次郎が七、八間先の人影に誰何《すいか》したが、だれも応《こた》えなかった。

その代わり、体の大きな二人がまず鯉口《こいぐち》を切った。

「治助、風呂敷包みを持て」

利次郎が風呂敷包みを後ろに回すと、

「利次郎、わしが貰おう」

と百太郎が大事な包みを受け取った。

「父上、わが家伝来の堀川国広《ほりかわくにひろ》遣わせてもらいます」

「利次郎、磐音先生の教えをとくと思い返せよ」

百太郎が注意した。

はっ、と答えた利次郎も国広の鯉口をそろりと切った。

「国広を抜くときは細心にして大胆迅速にあれ」

磐音は真剣での稽古を通して、利次郎の五体にこのことを叩き込んだのだ。

すでに鯉口を切った二人が刀を抜くと、八双《はっそう》に構えた刺客を先頭に利次郎に向かって走り出した。後続の一人は剣を脇構えに置いていた。迫り来る二人の背後から、

「風呂敷包みを奪い取るのじゃ!」

という切迫した声が命じた。

利次郎も、上体を前傾させて突進してくる相手に対して踏み込んでいった。刺客が立てた八双の剣が、治助の持つ提灯の灯りに煌《きら》めく光景を認めた利次郎は、不思議に心が落ち着いていた。

間合いが狭まった。

「細心にして大胆迅速」

磐音の教えを思い起こした利次郎は国広を抜き打つと、突進してくる先頭の胴を存分に薙《な》いでいた。

頭上に刃風を感じた。

だが、恐怖は感じなかった。ただ、存分に引き回すことだけを心掛けた。刃が相手の胴を確かに捉え、
ざくり
とした感触が国広の柄を握る掌《てのひら》に伝わってきて、

「ぎええっ！」

という声を残して相手の体が横手に吹っ飛んでいた。

(やったぞ)

そんな気持ちを持ったのはほんの一瞬だ。引き回した国広二尺三寸七分を手元に引き付けると、二番手の小手に落としていた。

「あっ！」

という悲鳴が上がって相手が刀を地面に落とした。

利次郎は前方の残党に走り寄るかどうか一瞬迷った。だが、父と風呂敷包みを守るのが己の使命と考え直し、するすると下がると百太郎と治助のもとに戻った。

「ようやった」

と褒める百太郎の声も上ずり、興奮していた。その父の声を聞いたとき、利次郎はさらに平静になっていた。

利次郎は城の追手門からも人の気配が走り来るのを感じて、

「治助、父上を石垣の下にお連れ申せ」

と命じた。

そのとき、仲間二人を一瞬の裡に斬られた残党がばらばらと駆け寄ってきて、利次郎に無言で迫った。

「わしが斬る。その間に風呂敷包みを奪え」

とすでに抜刀した三人の一人、中年の声が手配りした。

　利次郎は三人の不意を衝《つ》いた。

　頭分《かしら》の命で動こうとした左手の刺客に向かい、利次郎は大胆にも飛び込み、相手の意表を衝いて二の腕を深々と斬り割っていた。

「ううっ」

　と相手がくぐもった声を発し、斬られた腕をもう一方の手で抱えた。

　そのときには利次郎は元の場所に飛び戻り、国広を正眼に構え直していた。

「何奴《なにやつ》か、追手門前で闘争に及ぶとは！」

　と大喝が響き渡った。

　利次郎らの背後から来たのは刺客の一味ではなかった。城下がりの家臣だった。

　その声に慌《あわ》てふためいたのは刺客らだ。

「引き上げよ！」

　と最前風呂敷包みを奪うように命じた声が、今度は退却を告げた。すると怪我《けが》人《にん》を抱えた一統がばたばたと足音を響かせて追手門筋へと逃げ込んでいった。

　そこへ別の足音が走り寄り、

「何事か」

　と重ねて叫んだ。

「それがし、近習目付重富百太郎にござる。城下がりの途次、突然面体を隠した刺客六、七人に襲われ申したが、倅利次郎が斬り伏せたところにござった」

と百太郎が答えると、

「おおっ、そなたは重富どのか。それがし、小監察深作逸三郎《ふかさくいつさぶろう》にござる」

「深作どのであったか。助かり申した」

と百太郎がようやく安堵《あんど》の声を洩らした。

重富家が務める近習目付は、藩主直属の内官と呼ばれる職掌で、近習家老を頂点に、藩主側近の職務に加えて、国許を除く江戸・京・大坂の藩屋敷の諸々を担当監察する。ゆえにこたび百太郎が国許に入ったということは、格別な命があってのことだった。

「怪我はござらぬか」

深作が名乗った小監察は小目付とも呼ばれ、大監察、徒《かち》監察とともに国許藩士全体の監察にあたった。

「お蔭《かげ》さまでかすり傷一つござらぬ」

深作の目が利次郎にいった。

「お手柄にござった」

「はっ」

と畏《かしこ》まった利次郎は、未だ国広を抜き身で下げていることに気付き、

「失礼をいたしました」

と詫《わ》びると、血振りをして静かに鞘《さや》に納めた。

「何人斬られたな」

「三人にございます。最初の者は胴を、深手と思えます。二番目は手首を割り、三番目は二の腕にございました」

「お見事であった」

と再び褒めた深作が、

「重富どの、江戸から国許入りなされた御用の趣きにつき、城中にてあれこれ風聞が飛んでおり申す。どうやら相手方も必死の様子。この際でござる、われら、国許監察と連携しての探索は考えられませぬか」

「挨拶が遅れ申した。本日の城中での内偵の後、町奉行やそなた様方の知恵を借り受けたいと思うており申した。われらが高知入りしたのは昨日のこと、まさか城下がりにいきなり襲われるとは考えもしませんでした」

と答えた百太郎が、

「町奉行佐野彦兵衛《さのひこべえ》どのにお目にかかり、高知入りの事情《わけ》を話すべき時期かと存ずる。深作どの、貴殿も同道願えぬか」

百太郎は江戸藩邸と国許との合同の探索をも心中に考えてきたようで、深作にそう願った。

「承知つかまつった」

深作は後から追いついてきた従者に何事か命じて先行させた。百太郎も治助に分家に戻っておれと言い、深作も加わって、すでに下城している町奉行佐野邸に向かうことにした。

「利次郎どの、そなたが手傷を負わせた者三人、城下の医師らに担ぎ込まれればすぐに知らせが入るよう手配りを命じた」

「迅速な手配り恐縮にございます」

百太郎から再び風呂敷包みを受け取った利次郎は、大事な証拠書類を提げ、二人の後から従った。そして、

（斬り合いとはこのようなものか）

と自らが国広を抜く機会が早くも訪れたことや、三人に傷を負わせた結果に驚きを禁じ得なかった。

かようにも冷静に対処できたのは、出立前《しゅったつ》、磐音から真剣での立ち合いのこつと呼吸を伝授されていたから為し得たことだと、改めて磐音の気遣いに感謝した。

町奉行佐野彦兵衛の屋敷は城の南、中島町筋にあった。すでに屋敷に戻っていた佐野と百太郎と深作が面会し、利次郎は佐野家の供待ち部屋で待機することになった。

利次郎のいる控え部屋から奥の面談の様子は全くわからなかった。すぐさま行灯《あんどん》に灯りが入れられ、茶が供された。

「なんぞ御用あらば声をかけてくだされ」

と佐野家に奉公する若侍が言いおいて引き下がろうとした。

「真に勝手とは存じますが、待つ間に書状を認めようと思います。筆記道具をお借りするわけには参りませぬか」

「ただ今用意いたします」

若侍が快く利次郎の頼みを聞き入れ、すぐに硯《すずり》、筆、巻紙などが届けられた。

控え部屋にあった文机《ふづくえ》を借りた利次郎は、尚武館の佐々木磐音に宛てて、土佐に無事安着したこと、翌日藩校の教授館を訪ねると若手の家臣と手合わせを命じられたこと、さらには城下がりの父を迎えに行って刺客に襲われ、三人まで斬ったことなど、高知二日目の出来事を克明に記した。

磐音は豊後関前の藩政改革に絡んで、知己と相戦う運命を体験していた。そのために許婚《いいなずけ》を失い、藩も抜けて浪々の身で江戸に戻ってきた経験もしていた。

高知城下での様子を知らせれば、磐音から父の身を守るための忠言が得られる筈《はず》と考えて、一心不乱に文を書き連ねた。

利次郎が磐音に宛てた書状を書き終え、冒頭から通読した頃合い、奥座敷から足音がして面談が終わった様子がした。

利次郎は文を閉じると襟元に差し、父を迎える態勢で待ち受けた。

廊下を灯りが移動してきて、袖無《そでな》しの人物が、

「百太郎どのの次男坊か」

と利次郎を見た。

町奉行の佐野彦兵衛だった。

「はっ、それがし、利次郎にございます」

「本日はお手柄であった」

と言うと、

「佐々木玲圓先生の道場で直心影流を会得なされたか」

と訊いてきた。

「会得などとは程遠い技量にございます」

「よいな。高知にあるとき、父上の百太郎どののお体に気配り願いたい。相手もなかなか手強《てごわ》いで、そう易々とはこの戦、終わらぬでな」

と利次郎に忠告した。

第二章　餅搗き芸

一

「例年とおりちん餅《もち》仕候」

江戸八百八町の米屋、餅屋などに番頭が書いたらしい手書きの看板が立つと、江戸ではいよいよ師走気分が高まってきて、煤竹《すすたけ》売りが往来を行き、神社の境内《けいだい》では露天商らが正月飾りを売る光景が見られる。

尚武館でも出入りの鳶《とび》の親方が手下を連れて師走の挨拶に訪れ、門前に門松を設《しつら》えてくれた。

道場でも朝稽古《あさげいこ》が終わった後、煤竹を何本も用意して、普段は掃除が行き届かない格子《こうし》窓の上や天井の煤を落として清めた。

そんな日々、朝稽古の最中から糯米《もちごめ》を蒸《ふ》かす匂いが漂ってきて、いつもより早めに稽古が終わった。すると母屋と道場の間の庭に大工の棟梁銀五郎《とうりょうぎんごろう》らが餅搗《つ》き場を用意して、筵を敷いた上に臼《うす》が置かれ、何本もの杵《きね》が水を張った桶《おけ》の中に漬けられて用意万端整っていた。

搗き手に困ることはない尚武館だが、捏《こ》ね手は飯炊きのおかねばかりだ。おえいもおこんも餅搗きの捏ね手をやったことはない。

「よし、おれがまず手本を見せる」

と田丸輝信《たまるてるのぶ》が張り切った。むろん稽古着のままで額に鉢巻を巻いての周到ぶりだ。

相方は銀五郎親方が務め、捏ね手はおかねの組み合わせで、尚武館最初の餅搗きが景気よく始まった。

田丸は自信満々だったが、力が入り過ぎているのが傍目《はため》にも分かった。

一方の銀五郎はさすがだ。年季が入った腕前でひょいひょいと最初の一臼を軽く搗き上げた。

「おかしいぞ。親方はそれがしの倍も歳を取っておられるのに、息も上がってお らぬ。それがしは、ばてばてだ」

「輝信、そなたの餅搗きは見ていて忙《せわ》しゅうなる。師走の風物詩だ、もそっと長閑《のどか》さを感じさせる搗き方ができぬのか」

と先輩門弟が田丸の搗きぶりを評した。

「ならばどのように搗けば宜しいので」

と頬を膨らませる田丸に、伊予大洲《いよおおず》藩加藤家六万石の御先手方の富永水豊《とみながみずとよ》が、

「田丸どの、それがしが代わろう」

と言い出し、杵を譲り受けた。

富永は三十を過ぎたばかりだが、一見四十を超える風采《ふうさい》に見えた。稽古ぶりも、地道に基本の技を繰り返しては体に覚え込ませていた。遠慮深い気性で、磐音が竹刀を合わせて稽古を付ける機会は滅多にない。

尚武館の若手たちは老け顔の富永を陰で、

「富永爺《じい》」

と呼んでいた。

いつもは稽古が終わるとそそくさと藩邸に戻る富永が、餅搗きと聞いて稽古の後も残り、さらに搗き手を志願したので磐音はちょっと驚いた。

「富永様にはお珍しゅうございますね」

尚武館道場の何百人もの門弟の顔と名を覚えたというおこんが、姉《あね》さん被《かぶ》りも初々しい姿で磐音に言った。

「富永どのは道場の隅で黙々と稽古を続けられる奥ゆかしいご気性で、それがしもなかなか接する機会がない」

と磐音が応じて、富永の搗き方に興味を抱いた。

銀五郎と富永、それにおかねの三人が綾《あや》なす餅搗きは至芸であった。搗き手、捏ね手三者の呼吸も鮮やかに、糯米が臼の中で瞬く間に餅になる光景は圧巻であった。

富永は自ら志願しただけあって腰は微動だにせず、杵が軽々と振られてなんとも見事だった。

一気に餅が搗き上がった。

「いや、お見事にございますね」

銀五郎が感心したほどの腕前で、

「どういうわけか子供の頃から餅搗きが好きでしてな。あちらこちらの屋敷に呼ばれて餅搗きに参りました」

と富永は照れ笑いした。すると老け顔が福々しい表情に変わった。

「若先生もどうです。わっしと富永様と若先生の三丁杵というのは」

「ご両者の邪魔にならぬか」

と言いながらも磐音は水に浸されていた杵を握った。すでに臼には新たな糯米が用意されていた。

「最初はゆるゆると願おうか」

と磐音が二人を牽制《けんせい》し、

「わっしから」

と銀五郎、富永、磐音と右回りに杵三丁の競演になった。おかねの、

「あっはい、それそれ」

とゆったりとした調子に合わせて糯米を杵の先で潰していく。糯米のかたちが半ば崩れたところで餅搗きに変わった。おかねの掛け声が、

「あっはい、あっはい」

と段々調子を上げるに合わせて三丁の杵が目まぐるしくも律動的に動き、おかねがその合間に手捏ねで餅の塊を空中に放り上げ、なんとも楽しげに搗き上がった。

うーむ、と唸《うな》った田丸が、

「江戸屋敷の若様育ちは餅搗きなど許されておらぬで、どうにも在所育ちには太刀打《たちう》ちできぬ」

「たれが若様育ちじゃ。まさか輝信、己のことを若様育ちなどと言うておるのではあるまいな。そなたの氏素性はこの依田鐘四郎《よだかねしろう》がとくと承知じゃぞ。そなたが忘れたとあらば、それがしがご披露《ひろう》いたそうか」

元師範の鐘四郎が言い出した。鐘四郎は西の丸出仕は休みで、なんとなくのんびりした顔付きだ。

師走の江戸を騒がせた盲目の剣客は、表猿楽町《おもてさるがくちょう》速水《はやみ》家門前の、磐音との戦い以降、姿を見せていなかった。そのようなわけで磐音も鐘四郎らも気持ちに余裕が生じていた。

「師範、田丸様と同じくお長屋の若様ならば、尚武館にもだいぶ顔ぶれが揃うております。もしよきところに婿養子の口がございましたら、お早めにそれがしまでお申し出ください」

と神原辰之助《かんばらたつのすけ》が言い出し、住み込み門弟の仲間が笑った。

若い門弟の大半は次男三男で、だれもが部屋住みを脱したいと真剣に願っていた。

「まあ、お長屋の若様となれば、田丸輝信もその一人に加えてよいか」

搗き手が若手連中に代わり、

「富永様、杵の扱いをご伝授ください」

と若手に請われた富永の表情が急に生き生きして、

「まず左足を軽く前にして、杵の握りはこのように」

と餅搗きの指導にあたることになった。

道場の外廊下では茣蓙《ござ》を広げた上に紙を敷き詰め、打ち粉が用意されていた。

搗き上がった餅を鏡餅や角餅や餡《あん》こ餅に仕上げる女衆《おんなし》の差配をおえいが振るい、おこん、早苗《さなえ》、霧子《きりこ》らが介添えをする。

餅搗きを代わった磐音らがこの場に加わり、こちらはこちらで賑《にぎ》やかに、道場の玄関や見所《けんぞ》を飾る鏡餅が仕上げられた。

「今頃、利次郎さんも土佐で餅搗きをしているかしら」

とおこんが言い出し、

「初めての土佐の気風が意外に馴染んでおられるのではなかろうか」

「磐音、おこん。利次郎どのはあれでなかなか心配りが細やかゆえ、婿入りの話が舞い込むかもしれませんぞ」

というおえいの言葉にはっとした表情で霧子が顔を上げた。だが、すぐに餅を丸める作業に戻った。

「養母上《ははうえ》、江戸藩邸生まれの利次郎さんと土佐育ちの娘御が、そう容易《たやす》く心を許し合うことは難しゅうございましょう」

おこんは霧子の心中を慮《おもんぱか》って言った。

「そうですね。土佐の高知がどのような気風のところか知りませぬが、江戸とはだいぶ女子衆の気性も違いましょうな」

おえいがあっさりと自らの考えを取り下げた。

「養母上、おこん。利次郎どのは結構忙しく、婿入り話に取り合う暇《いとま》はないやもしれません」

「なぜですか」

「父御の百太郎様は、江戸藩邸の山内豊雍様近習目付と聞いております。高知に下向するには御用があってのこと。利次郎どのも父御の手伝いなどで飛び回っておられるやもしれません」

「あら、百太郎様は御用で国許入りなされたのですか」

「おこん、主持《しゅうも》ちの武家が国許に行くということは御用の他になかろう」

磐音は、近習目付が高知入りするにはそれなりの理由があると考えていた。となると利次郎も呑気に城下の道場で剣術修行に打ち込んでばかりはいられまい、と思っていた。

「主持ちはなんにしても大変ですね。その点、佐々木家はこうして気儘《きまま》に一家じゅうで餅搗きもできます」

おえいが笑ったところに新たに搗き上がった餅のかたまりが運ばれてきて、

「養母上、母屋の鏡餅を作りますか」

「搗きたての餅は格別ですよ。白餅に餡こを付けて召し上がるように、皆さんに勧めなされ」

「おこん、養父上《ちちうえ》が速水様方と談笑なされておられる。母屋にも持参いたすがよい」

と磐音はおこんに命じた。

そのとき、道場の玄関先で人の気配がした。

若い門弟らは餅搗き騒ぎで気付いていなかった。霧子が立とうとしたが、

「それがしが参ろう」

と磐音は稽古着姿で外廊下から一旦《いったん》道場に入り、無人の道場を玄関へと向かっ

た。するとそこに、弊衣蓬髪《へいいほうはつ》の武芸者が小脇《こわき》に使い込んだ六尺棒を抱えて、横顔を見せて立っていた。

腰には長脇差《ながわきざし》が一本無造作に落とし差しだ。

袖無しの毛皮を羽織った相手の歳の頃は四十四、五歳か。身丈は五尺二寸余と小柄だった。

磐音が見ているとも知らず、無精髭《ぶしょうひげ》の生えた顔に鎮座する鼻をくんくんと鳴らして、

「餅搗きやろうか」

と独り言を洩らした。

言葉の語尾に西国訛《なま》りがあった。豊後ではない、筑前《ちくぜん》あたりか。

「いかにも餅搗きにございます」

磐音が外廊下から式台の上に姿を見せて立つと、

「季節が巡るのは早うござる」

と相手もゆっくりと磐音に視線を巡らしてきた。

正面から見ると丸い顔に立派な目鼻口が不均衡に備わり、眼尻《めじり》が下がっていたために愛敬のある表情をしていた。

「尚武館は江戸一番の剣術道場と聞いてきたが、もはや稽古は終わられたか」

「本日は恒例の餅搗きにございまして、いつもより早めに稽古を切り上げました。なんぞ御用にございますか」

「稽古中ならば一手ご指南をと思うたが、餅搗きを邪魔しては悪かろう。明日出直して参る」

と言って相手がぺこりと腰を折り、踵《きびす》を返そうとした。

「お待ちあれ。お急ぎなくば、搗きたての餅をいかがにござる。食していかれませぬか」

「なに、餅を馳走してくれるとな。搗きたての餅などこの十数年食したことはない。じゃが、馳走になれば情が生じよう。明日の勝負に差し支えるで、これにてご免つかまつる」

磐音は棒術が得意と見える相手に興味が湧いた。

「われら武芸者は一期一会の縁《えにし》を大切にいたします。それがしでよければお相手いたします。その後、餅を食しませぬか」

「勝敗が決した後も馳走してくれると言われるか」

「勝敗は時の運、まさかお手前は命のやり取りを願うておられるのではございますまい。いかがです」

「そなたは」

「尚武館佐々木道場の佐々木磐音にございます」

「道場主の倅どのか」

と応じた相手は、

「それがし、富田天信正流槍折《とだてんしんしょうりゅうやりお》れの小田平助《おだへいすけ》にござる」

と名乗り、式台に腰を下ろすと草鞋《わらじ》の紐《ひも》を淡々と解《ほど》いた。

小田は棒術とは言わず、槍折れと表現した。戦国時代、槍先を折られた武芸者が手元に残った柄《つか》だけで戦い続けた、名残《なご》りの術かと磐音は推測した。

「こちらへ」

と磐音自ら尚武館道場に案内した。

無人の道場は床板が鏡のように磨き上げられて、森閑とした静寂を湛《たた》えていた。

小田平助は江戸でも有数の堂々たる佇《たたず》まいに驚いた風もなく入口に座すと、小脇に抱えた棒を床に置き、毛皮の袖無しを脱いで棒のかたわらに置くと、遠くの神棚に向かって拝礼した。

「小田どの、木刀でようございますか」

「いかなる得物《えもの》にても差し支えござらぬ」

その返答を聞いて、磐音は壁に掛けられた愛用の木刀を取りに行った。すると見所脇の出口に霧子が姿を見せて、槍折れを小脇に立ち上がった小田平助を見た。

「旅の武芸者小田平助どのじゃ」

磐音が声を霧子にかけ、木刀を手に道場の中央へと戻った。

小田平助は体を解《ほぐ》すように六尺余の赤樫《あかがし》の槍折れを小脇からすいっと滑らせて伸ばし、脇に残った柄の端を片手で摑《つか》むとぐるぐると回し始めた。小柄な体がしなり、槍折れが道場の気を切り裂いて回転した。

磐音が想像したより一段も二段も上の達人だった。

「お手柔らかに」

「若先生、あんた、江戸生まれではなかろう」

「いかにも、豊後関前が生国にございます。佐々木家には養子に入りました。小田様も西国生まれと拝察いたしますが」

「わしは福岡藩郡奉行《こおりぶぎょう》支配下芦屋洲《あしやす》口番《くちばん》の五男に生まれ申した。口番は武士身分ではない。まあ、小者《こもの》、中間《ちゅうげん》の類《たぐい》たい。空《す》き腹を抱える暮らしに飽きて、十四の春から旅暮らしに出たもん」

三十年余の武者修行の旅を小田平助は正直に語った。

頷いた磐音は、

「小田どの、ご指南くだされ」

と木刀を構えた。

「うーむ」

と先を越されたという顔で、小田が左脇の槍折れを水平にすいっと七分ほど伸ばした。

そのとき、霧子の知らせで依田鐘四郎らが道場に姿を見せ、無言の裡に床に座した。さらに見所に佐々木玲圓と速水左近《さこん》ら、朝稽古を見物していた玲圓の剣友らが戻ってきて、二人の対決に見入った。

磐音は正眼の構え、小田平助は小脇に挟んだまま、間合い一間余で対峙《たいじ》していた。

小田もまた磐音が並々ならぬ剣術家と悟ったが、顔色一つ変えることはない。眼尻が下がった両眼が細く閉じられ、磐音の呼吸を計っていた。

両者不動の長い対決になった。

磐音も、

「春先の縁側で日向《ひなた》ぼっこをしている年寄り猫」

の風情《ふぜい》で微動だにしなかった。

小田平助も細く閉じた両眼で、磐音の居眠り剣法を楽しんでいるかのように見詰めていた。

戦いが動いたのは、玄関口から吹き込んできた師走の空っ風によってだ。

七分ほど磐音に向かって伸びていた小田の槍折れが気配もなく引かれ、次の瞬間、小田の踏み込みとともに一気に突き出された。槍折れの先端が道場の空気を突き割るさまは、鋭くも迅速だった。

ぐいっ

と伸びてきた槍折れの先を、磐音の正眼の木刀が弾《はじ》いた。弾かれた槍折れが、

ぐうっ

と音を立てて回転し、磐音の膝《ひざ》を薙ごうとした。使い込まれた赤樫の槍折れの回転を増して膝を襲う。

磐音はふわりと飛び上がると槍折れを通過させ、床に着地したとき、小田平助の槍折れの内懐《うちぶところ》に入り込んでいた。

だが、小田は慌てない。槍折れを引き付けつつ、ひょいと後ろに跳び下がり、

着地したときには、槍折れの先端を磐音の胸に向かって突き出していた。

磐音の木刀が再び弾いた。

きーん
という乾いた音がして槍折れの先が横手に流れた。そして、磐音が小田平助に向かって踏み込んでいた。

十数合、小田が攻め、磐音が受け流す攻防が繰り返された。

いつの間にか攻守が変わり、槍折れの小田が後退した。

磐音も踏み込んだ。

そんな駆け引きが二度三度と続き、小田が、
ぺたり
と床に膝を屈して座すと、

「降参にござる」

と木刀の間合いに入られたことを潔く認め、自ら負けを宣告した。

磐音も木刀を引き、正座すると、

「約束にございます。搗きたての餅を賞味してくだされ」

と願った。

「ふっふっふ」

と愛敬のある丸い顔に笑みを浮かべて、

「やはり江戸は広かばい」

と小田平助が納得したように呟いた。

二

小田平助は、飄々《ひょうひょう》とした侍だった。

餅搗きが行われている庭に出ると、

「おお、なかなかの餅搗きたいね。若先生、わしにもやらしてくれんやろか」

と磐音に願い、腰から一本差した長脇差を抜くと、愛用の槍折れと一緒に外廊下に置いた。

「小田どの、江戸は初めてのようですが、宿は決まっておられますか」

「宿、そげんな路銀の持ち合わせはないちゃ。寺の軒下やら床下を塒《ねぐら》にしておるたい」

と小田が屈託のない顔で笑った。

「いえ、それがし、そのようなことをお尋ねしたわけではございませぬ。道中の持ち物は、身一つに槍折れと長脇差だけにございますか」

「若先生、なんぼ小田平助が貧乏ゆうてたい、身一つにはなりきらん。そうたい、門下の犬にこげんくらい小さか風呂敷包みば預けてきたもん」

と小田平助が両手を六、七寸開けた。

「白山《はくさん》に荷物番を願いましたか」

白山は、人の風体《ふうてい》からではなく心を見通して、尚武館に歓迎すべき人物か、歓迎すべからざる訪問者か見極める犬だった。白山がすぐに心を開いたということは、小田平助が無垢《むく》の心の持ち主だということになる。磐音は霧子に、

「小田どのの持ち物をこちらに運んできてくれ」

と命じた。

「姉さん、造作ばかけるな」

と小田が霧子に礼を述べた。筑前訛りにえも言われぬ無邪気が漂い、朴直《ぼくちょく》な人となりを醸し出していた。

「若先生、ちと井戸端を借りますばい」

小田平助は井戸端に行き、顔と手足を洗った。それを見ていた玲圓が、

「磐音、流儀を名乗られたか、あの御仁」

と外廊下から声をかけてきた。

「富田天信正流槍折れ、小田平助どのにございます」

「ほう、槍折れなどという言葉が安永の御代に生きておったか」

磐音は先ほど初めて耳にした言葉だったが、玲圓には心当たりがある様子だった。そして、餅搗きを見物するつもりか、玲圓や速水左近らが外廊下に腰を下ろした。それを見たおこんが、

「用意の菰樽《こもだる》、開けてようございますか」

とおえいに願った。

「今津屋よりの貰い物。景気づけに鏡開きをしましょうかな、お前様」

と玲圓に許しを乞《こ》うた。

「今津屋どのからさような頂戴物《ちょうだいもの》をいたしたか」

「おや、話し忘れておりましたか。歳は取りたくないものですね。昨日、正月の用品諸々と一緒に灘《なだ》の菰樽を頂戴いたしました。磐音とおこんと話し合い、餅搗きの折りに鏡開きをしようと話しておりましたが、具足開きまで割るのを待ちますか」

「菰樽に年を越させてもなるまい。具足開きはまたなんぞ考えよう。それにしても餅搗きに菰樽の鏡開きをするとは、尚武館も豪儀になったものよ」

と破顔した。

おこんの差配に、住み込み門弟の面々が母屋の台所から、四斗樽《しとだる》を棒に通して御神輿《おみこし》のように運んできた。そこへ小田平助が戻ってきて、くんくんと匂いを嗅《か》ぎ、

「なんともよか香りがしちょるたい」

と呟いた。

「小田様は酒がお好きですか」

「若先生、旅暮らしで酒の味ば覚え申した。もっとも、わしが飲む酒は濁り酒がせいぜいたい。菰被りなどとんとお目にかからん。ともかくたい、こん世の中に酒があるけん、修行も続けられるもん」

と相好《そうごう》を崩した。

田丸輝信が小さな杵を持ち出し、

「若先生、おこん様、鏡板を割ってようございますな」

と振りかぶった。

「兄ちゃん、なんばすっとな。そげん乱暴はいけんいけん。酒が零《こぼ》れて勿体《もったい》なかろが」

と小田平助が田丸の動きを止め、

「皆の衆、酒一滴もこぼさんごつ、僭越《せんえつ》ながらこん小田平助が手刀で割らせてもらいますたい」

と宣告すると、片手の掌で鏡板を愛おしそうにさすった。そして、頃合いを見て、ひょいと、手刀にして持ち上げ、鏡板の継ぎ目辺りに軽く振り下ろした。するとどういう拍子か組み合わされた鏡板の一枚がふわりと中空に飛んで、酒の香りが辺りに漂った。

「お手並み拝見、お見事にございました」

磐音が感嘆し、田丸が呆然《ぼうぜん》と旅の武芸者を見た。

「座興たい」

小田平助が照れた。

その場に居合わせた門弟らは、手刀の一撃で酒一滴も零すことなく鏡板を割った小田平助の技を驚異の目で眺めた。

女衆が割られた菰樽の中に竹柄杓《たけびしゃく》を突っ込んだ。

「ささっ、皆様、景気づけの御酒にございますよ」

おこんがまず玲圓と速水ら尚武館を支える重鎮方に、茶碗に注《つ》いだ下り酒を運んでいった。

磐音も竹柄杓を樽に入れて大茶碗になみなみと注ぎ、小田に差し出した。

「小田どの、まずは一献」

「若先生、酒まで馳走してくれるな。こりゃ、何日も早う正月が来たごたる。ちいと働かんと気持ちが悪かろ」

と言いながら大茶碗を嬉しそうな顔で受け取り、

「若先生、先に頂戴してよかろうか」

と磐音に丁寧にも断った。

「餅搗きの日に小田平助どのが尚武館の玄関に立たれたのも、なにかの縁です。本日は存分に酒をお召しくだされ」

「小田平助、酒には目がのうてな、心根が実にたい、卑しかもん。礼儀知らずはご免くだされよ」

と言いながら大茶碗を眼の高さまで持ち上げた。そのとき、外廊下に座す玲圓の視線に気付き、

「大先生方、遠慮のう頂戴しますもん」

と言葉をかけると大茶碗の縁に口を運び、

「くいくいっ」

と喉《のど》を鳴らして飲み干した。そして、ふうっ、と満足そうな息を吐いた。

「もう一つ、いかがですか」

「若先生、続けざまに酒ばかり食ろうてはいかん。一臼、手伝いばさせてくれんね」

と願った小田平助は、今しも蒸かし上がった糯米が蒸籠《せいろ》から臼にひっくり返されたのを見て、

「お婆《ばば》様、わしと代わってくれんね」

と捏ね手のおかねに願った。

おかねが旅の武芸者に任せてよいかと目で磐音に訊いた。磐音は頷き、

「小田どののお好きにさせるがよい」

と命じた。それを見ていた富永水豊が何事か感じるところがある表情で杵を摑むと、小田平助に、

「宜しく頼みます」

と願った。

搗き手富永水豊、捏ね手小田平助の二人の餅搗きは、まるで一場の芸の如《ごと》くに弛緩《しかん》なく劇的に進行した。

餅搗きの流れに間と律動があった。

序から破へ、さらに急へと変化して、見る者を一瞬たりとも飽きさせない技であった。

磐音もおこんも餅搗きがこれほど奥深く、見る者に、

「幻妙にして幽玄」

を感じさせるのを、ただ感心して見入っていた。

最後の工程に入り、富永の杵がもはや見る人に杵のかたちを見せず、流れる光になって上下し、その合間に小田平助が相の手を入れて引っくり返し、阿吽の呼吸で杵が止まり、捏ね手の小田平助が搗き上がった餅のかたまりを片手一本に虚空高くに放り投げておいて外廊下に移動すると、計算通りに落ちてくる餅を受け取り、打ち粉が広げられた場所に、

ふわり

と置いた。

「見事なり、小田平助どの」

速水左近が褒めたほどの至芸だった。すると小田がぺこりと蓬髪の頭を下げて、

「搗き手の技に乗せられ申しました、殿様。ちぃと調子に乗り過ぎましたかのう」

と笑った。

おこんが富永と小田平助に新たな酒を注いだ。

「おこん様、光栄に存じます」

と富永水豊が丁寧に礼を述べる脇から小田が、

「おこん様は、道場の娘さんやろか」

と眩《まぶ》しそうな目付きでおこんを見た。

「小田様、おこん様は若先生のお嫁様にござる」

「なんちな、若先生はこげん別嬪《べっぴん》さんば嫁に貰いなったな。うーむ、佐々木道場は末代まで栄えなされまっしょ」

と世辞とも本心ともつかず言ったものだ。

そのとき、磐音は玲圓のかたわらにいた。

「養父上、お許しを願いとうございます」

「磐音、常々申していよう。尚武館の運営はすでにそなたの手に移っておる。小田平助どのを当分長屋に住まわせるなど、一々断ることでもないぞ」

「お察しのとおりの願いにございました」

「あの者の棒術、なかなかの腕前である。門弟らにとって得難き経験となろう」

「最前の立ち合い、小田平助どのは半分の力も出しておられぬと見ました」

「いかにもさよう」

と応じる玲圓に、

「世間は広うござるな。あのような逸材が隠れ潜んで廻国《かいこく》修行をしておられる。速水左近、驚き申した」

磐音の考えに賛意を示した速水が言った。

大晦日《おおみそか》を前にして、尚武館の長屋に小田平助が寝泊まりすることになった。

元々佐々木家は直参旗本で片番所付きの長屋門があり、玄関に向かって左手に門番の季助《きすけ》爺が寝泊まりする長屋があった。その左手は住み込み門弟衆が暮らす御長屋が接していた。一方、右手の長屋は、門に近い部屋が空いていた。

小田平助は、磐音が、

「しばらく尚武館に逗留《とうりゅう》なさり、槍折れの術、われらにご伝授願えませぬか」

と願うと、

「若先生、わしのような下士上がりの武芸者を一人前に遇されるな。こげんことは、三十年余の流浪の暮らしになかったことたい」

「小田平助どのの腕前を見抜けぬ御仁がおられるとは、世間はいささか貧しゅうございます」

「若先生、ほんとうに造作になってよかか」

「養父上にも断ってございます。うちはご覧のように普段から十数人の住み込み門弟がおりますゆえ、小田どのが一人加わられたところでなんの差し障《さわ》りもございませぬ」

小田平助は磐音の頼みを快く受け入れると、まず門番の季助爺と白山に、

「わしがこん道場に厄介になってよかろうか」

と断りに行った。季助が、

「年寄りの私一人が門番でございますよ」

「ならば季助さんの手伝いで門番見習いを務めよかね」

「小田様に加わっていただけるなら、なんぼか心強うございます」

と目を瞬《しばた》かせると、

「季助さんはわしの先達。なんでん、あれせいこれせいと命じてくだされ」

と頭を下げ、尚武館長屋に小田平助が寝泊まりすることが決まった。

餅搗きが終わった頃合い、そのことが住み込みの門弟らに告げられると、

「よし、長屋の掃除をなすぞ」

と田丸輝信の号令一下、土間に板の間、三畳の畳部屋から要《い》らなくなった道具が運び出され、掃き掃除拭《ふ》き掃除が瞬く間に終わった。さらに早苗と霧子が夜具を運んできて、忽《たちま》ち小田平助の寝所ができた。

掃除が終わったとの報告の半刻後、磐音とおこんが長屋を訪ねると、小田平助が三畳間で小柄な体をせいぜい伸ばして、ぐっすりと眠りに就いていた。酒の酔いもあるだろう。だが、それよりなにより当面の塒が定まり、安心し切った様子が窺えた。小田平助の寝込む姿に長年の流浪の暮らしが垣間《かいま》見えたと磐音は思った。二人がそっと小田平助の長屋を出ると季助が、

「若先生、尚武館もこれだけの大所帯です。わっしだけでは行き届かないこともあったと思います。小田様がずっと住みついてくれると有難いがね」

と言った。

「小田どのにも考えがあろうでな、強引に引き止めもできまいが、少しでも長く居てもらうと安心じゃな」

「季助さん、三度の食事は住み込みの門弟衆と同じように母屋の台所で食べるように言ってくださいね。江戸は初めての様子だから、分からないことがあったらなんでも教えてあげて」

とおこんも季助に頼んだ。

「おこん、参ろうか」

夕暮れ前、おこんと磐音は突然深川六間堀を訪ねることにしていた。

餅搗きも佳境に入った頃、品川柳次郎《しながわりゅうじろう》が尚武館に姿を見せて、

「おこんさん、鬼の霍乱《かくらん》です。親父どのが風邪《かぜ》を引かれて寝込んでおられます」

と知らせてくれた。柳次郎は問屋に内職を届ける途中に寄ってくれたのだ。

「お父っつぁんが風邪を引くなんて、どうしたのかしら」

「なんでも井戸替えをしたとき、寒風の中で陣頭指揮をしたのが響いたらしいです」

「歳も考えないで」

とおこんが呟いた。

そのことを知ったおえいがおこんに、

「金兵衛《きんべえ》どのが風邪を引くなど、独りで寂しい想いをしておられましょう。ともかく餅搗きが終わったら見舞いに行って来なされ。金兵衛どのの加減次第では、二人して一晩あちらで過ごしても構いませんよ。朝稽古は、亭主どのがおられるし、槍折れの小田様もおられます。磐音がそう根を詰めずともなんとかなりますからね」

と言われて、金兵衛の風邪見舞いが急に決まった。

搗きたての餅を持った二人が尚武館を出たのが七つ（午後四時）過ぎ。柳原土手《やなぎわらどて》まで下りてきたとき、急に辺りが暗くなった。秋の日は釣瓶《つるべ》落《お》としというが、大晦日前の日没も一気にやってきた。

「あら」

とおこんが声を上げた。

竜閑町と鎌倉町の代地の間の道に、南町の御用提灯《ごようぢょうちん》が浮かんだからだ。それも大勢の人数の気配があった。

磐音とおこんが足を止めて見ていると、御用提灯はゆっくりと柳原通りに出てきた。そして、先頭に立った同心が、

「おや、尚武館の若先生におこんさん。このような刻限にどちらに行かれますか」

と訊いてきた。声を聞かずとも、南町奉行所の定廻《じょうまわ》り同心木下一郎太《きのしたいちろうた》と分かる二人だ。

「お役目ご苦労に存じます」

と磐音は答えながら、一行の中に陣笠《じんがさ》を被った南町奉行牧野成賢《まきのせいけん》の姿を認めた。かたわらには懐刀《ふところがたな》の年番方与力《ねんばんかたよりき》笹塚孫一《ささづかまごいち》がいた。

「お奉行自ら市中巡察にございますか。ご苦労に存じます」

磐音が牧野に声をかけた。

「佐々木磐音どのか、日頃より南町が世話になっており申す。お上よりの褒賞《ほうしょう》をと考えておるが、幕閣というところ、前例がないだのなんだのと口煩くてな、まだ実現しておらぬ。許されよ」

「そのようなことはご放念くださいませ。今宵《こよい》はなんぞ格別な取り締まりにございますか」

「歳末恒例の市中巡察じゃ。そなたら、どちらに参るな」

と笹塚孫一が大頭にちょこんと乗せた陣笠を振り立てて訊いた。

「舅《しゅうと》どのが風邪とかで、見舞いにございます」

「佐々木どのに気を付けよはないものだが、この年の瀬、本所深川界隈《かいわい》には無頼者がだいぶ入り込んで悪さを繰り返しておる。そのような場合は、ひっ捕えておいてまず南に、いや、この笹塚にご注進くだされよ。お奉行も随分と頼みにしておられるでな」

と言うと独り得心の体《てい》で顎《あご》を振った。するとかたかたと陣笠が音を立てた。

「笹塚様、お奉行様が頼みにしておられるのではなくて、笹塚様なのではございませんか」

「いや、なに、その。おこんさん、われら、お奉行巡察の途次ゆえこれにて失礼いたす」

とおこんに頭を下げると、

「一郎太、神田川の北へ向かえ」

と命じ、南町奉行の師走巡察一行は遠ざかっていった。

おこんの溜息《ためいき》を聞いて、磐音が、

「参ろうか」

と両国橋へ歩き出した。

三

　金兵衛は部屋にいくつも火鉢の火を熾《おこ》し、綿入れのどてらを着込んで、首筋に真綿を巻き込んだ手拭いを巻き付け、

「ふうふう」

と真っ赤な顔で寝ていた。

火鉢の一つでは鉄瓶《てつびん》がしゅんしゅんと音を立て、金兵衛の弾む息と競い合っていた。

「お父っつぁん」

おこんもこれまで酷《ひど》い風邪とは想像もしなかったようで、びっくりして父親の額に手を当て、

「大変。ひどい熱だわ」

と動顚《どうてん》した。磐音も金兵衛の枕元に座すと額を触った。

「舅どの、お医師には診《み》せられましたか」

「若先生よ、かかあが迎えに来やがったぜ。おいでおいでと手招きしてやがる。

もう駄目だ。医者なんぞにかかったって、溝《どぶ》に銭を捨てるようなもんだ」

と弱々しく告げた。

「おこん、掛かり付けは八名川町の石田《いしだ》養兼《ようけん》先生であったな。直ちにお呼びして参る」

「お願い」

磐音はかたわらに置いた備前包平《びぜんかねひら》を手にとると、脱いだばかりの草履《ぞうり》を履き、金兵衛の家を出た。すると路地の真向かいの長屋の木戸口に、水飴《みずあめ》売りの五作《ごさく》といい、おたね夫婦の他、植木職人の徳三《とくぞう》、おいち夫婦ら馴染みの長屋の住人が立っていた。

「若先生、よく分かったな、金兵衛さんが風邪引いて寝込んでることがよ。おれが神保小路のおこんちゃんに知らせに行こうかと今日の昼間に言ったんだが、嫁にやった娘なんぞに知らせるんじゃねえ、川向こうの江戸は深川とは違う世界だって、頑固にもうんと言わねえんだ。ほんとはおこんちゃんに会いたいくせによ」

と五作が言った。

「造作をかけ申した、五作どの。品川さんが尚武館に知らせてくれたのじゃ。われらもこれほどひどい風邪だとは考えもしなかったで驚いており申す。それがし、養兼先生を呼んで参る」

と答えて六間堀と大川を結ぶ道に出ようとした。すると着流しの浪人が闇《やみ》の中からすうっと姿を見せて、おたねが、

「若先生のあとにさ、引っ越してきた浪人さんだ」

と磐音に囁《ささや》いた。

金兵衛の家から零れるおぼろな灯りに、頬の殺《そ》げた浪人の顔が浮かんだ。磐音には、地獄でも覗いているような暗い眼差しが印象に残った。

「それがし、佐々木磐音にござる」

と挨拶する磐音に一瞥《いちべつ》をくれたが、無言のまま会釈《えしやく》も返さず路地の奥へと入っていった。

「気味の悪い浪人夫婦が引っ越してきたもんだよ。金兵衛さんも、ちったあ人を見ればいいじゃないか」

おたねがぼそりと呟く。

「夫婦者とな」

「嫁女は年上かね。こっちも無口でさ、わっしらと交わろうとしないんだ」

「どなたか紹介があってのことであろうか」

「若先生も承知の権造《ごんぞう》親分に頼まれたそうだ。だから、嫌とは言えなかったんだね、どてらの金兵衛さんはよ」

と五作が説明した。

富岡八幡宮《とみおかはちまんぐう》前にやくざと金貸しの二枚看板を掲げる権造とは、借金のかたに幼い娘のおみつを苦界《くがい》に売り渡そうとした騒ぎをきっかけに、なんとなく縁ができていた。

磐音は何年か住んでいた長屋に薄い灯《と》りが灯《も》ったのを見て、八名川町へと向かった。八名川町は金兵衛長屋より一本大川寄りの通りだ。その中ほどに傾きかけた格子戸を嵌《は》め込んだ門があって、家の中から薬を煎《せん》じる匂いが通りまで漂ってきた。

「ご免」

と声をかけると、磐音は格子戸を持ち上げるように横へ引いた。するとがたぴしと音を立てながら磐音の体が入るほどに開いた。

門から玄関まで一間とはない。それでも玄関先には患者を待たせておくために四畳半ほどの広さの土間があって、見習い医師が七輪で薬を煎じながら居眠りしていた。

「養兼先生はおられようか」

磐音が奥へ声をかけると、

「ひゃっ」

というような声を上げて、慈姑《くわい》頭の見習い医師が顔を上げた。口元から涎《よだれ》が垂れているのを拳《こぶし》で拭《ぬぐ》い、

「なんぞ用か」

と野州《やしゅう》訛りの残る江戸弁で訊いた。

「養兼先生に往診を願いたい」

「こんな刻限に無理と思うな」

酒が好物の養兼は夕暮れから酒を飲み始めて、夜に急患が担ぎ込まれても役に立たない。その代わり、昼間は六間堀界隈の住人を貴賤《きせん》貧富の分け隔てなく診る医師として信頼されていた。

「それがし、金兵衛の婿、佐々木磐音と申す。養兼先生にさよう申し上げてもらえぬか」

「どてらの金兵衛大家に侍の婿がいるとは、これいかに」

と独り問答のような言葉を呟きながら、見習い医師が立ち上がろうとした。すると奥から玄関の気配を聞き付けたか、石田養兼が顔を見せた。

「尚武館の若先生か。どうしたな」

手に酒杯を持った養兼はすでに呂律《ろれつ》が怪しかった。だが、正体を失《な》くすほどには酩酊《めいてい》していないと磐音は判断した。

「舅どのが高熱を発して寝込んでおります。先生にはいささか差し障りのある刻限とは存ずるが、往診を願えませぬか。薬箱ならそれがしが持参いたします」

「おこんさんの亭主どのに願われては、行かぬわけにもいくまい」

と応じた養兼は見習い医師に、

「これ、俊平《しゅんぺい》、薬箱を持ってきなさい」

と命ずると、酒杯に残っていた酒をくいっと飲み干し、見習い医師に空の器を渡すと、その形《なり》のまま土間に下りた。

「師走にきて風邪が流行《はや》っておる。この界隈の裏長屋の住人は普段滋養のあるものを食しておらぬでな、風邪にかかると治りが遅い。もっとも、どてらの金兵衛さんはおこんさんがあれこれと気を遣うゆえ栄養は足りていよう」

と言いながら足先で草履を探し、履いた。そこへ見習い医師が薬箱を持ってきた。

「先生、わしは供をせんでよいかね」

「これ、俊平、田舎の馬医者見習いではないぞ。江戸で自分のことをわしなどと呼ぶのは、馬方、駕籠《かご》かきの類だけだ」

と叱った養兼は、

「この煎じ薬、土瓶ごと貰っていく」

と俊平に言うと、上がりかまちにあった雑巾《ぞうきん》で土瓶の取っ手をひょいっと摑んだ。

磐音も見習い医師から薬箱を受け取り、土瓶を提げてひょろひょろと玄関から格子戸を抜ける養兼の後に従った。

「どてらの大家はどんな具合だ、若先生」

と養兼が改めて問うた。

「おこんの亡き母親がおいでをしているとか、もう駄目だと申しておりました」

「もう駄目だという患者なら心配はいらぬ。おこんさんが神保小路の尚武館の嫁になって、金兵衛さん、いささか気が弱くなったかのう」

八名川町から金兵衛長屋は御籾蔵《おもみぐら》を挟んで目と鼻の先だ。ひょろつく足元でもすぐに到着した。すると五作ら長屋の男たちが未だ磐音の戻りを待っていた。

「五作どの、養兼先生をお連れしたで、もう大丈夫であろう。寒さでそなた方が風邪を引いてもいかぬ。長屋にお引き取りくだされ」

「なにか手伝うことがあったらよ、声をかけてくんな。あんな大家でも、おっ死《ち》んだら弔いの一つもしなきゃなるめえ。面倒だものな」

と五作が心にもない悪態をついて長屋に戻った。

「ご免なされ」

さすがは石田養兼だ、玄関座敷に土瓶を提げた格好で上がると、

「おこんさん、親父どのの具合はどうか」

と口調もしっかりしてきて、提げてきた土瓶を枕元に置いた。

「濡《ぬ》れ手拭いを額に当てても、すぐに乾いてしまいます」

おこんの返答には不安が混じっていた。

「どうれ」

と金兵衛の枕元に座した養兼医師は脈を測り、どてらの襟元を開いた胸に耳を当てて心音を聞き、額に手を触れて熱を診ていたが、

「立派な風邪じゃな」

と診断を下した。

「ちと服用するには遅いかもしれぬが、煎じ立ての葛根湯《かっこんとう》を土瓶ごと置いていくでな、冷えたところで服用させよ。うちの葛根湯には、葛《くず》の根に麻黄《まおう》、桂枝《けいし》、生姜《しょうが》、甘草《かんぞう》、芍薬《しゃくやく》の他に秘伝の漢方が混ぜてあるでな、二刻（四時間）おきに飲ませるとたっぷりと汗をかこう。その度にちと面倒じゃが、汗で濡れた寝巻は取り替えるのだ、おこんさん。冷えた汗は却《かえ》って面倒を起こすでな」

金兵衛が重症でないことに、おこんも磐音もほっと安堵した。養兼医師もそうなると酒が恋しくなったか、早々に帰り仕度で立ち上がった。

磐音は養兼医師を再び八名川町まで送っていった。

「若先生、そなたら、やや子はまだか」

大川から寒風が吹き付ける通りに出ると不意に養兼が訊いた。

「それが、未だ」

「二人して立派な体付きではないか。しっかりせぬか、若先生」

「されど、これればかりは天の授けるところにござれば」

「呑気なことを言われるな。金兵衛さんとていつまでも元気ではないぞ。一日でも早く孫の顔を見せるとまた若返る。尚武館でも、大先生とお内儀《ないぎ》が待ち望んでおられよう」

「どうもそのようでございます」

と養兼の言葉に応じるしか術《すべ》を知らない磐音だった。

磐音が金兵衛長屋に戻ると、葛根湯を飲まされ、汗に濡れた寝巻を取り替えられた金兵衛は、額に濡れ手拭いをあてられ、眠り込んでいた。

「最前より心なしか安心して眠っておられるようじゃ」

「お父っつぁんは養兼先生に診ていただいたことを承知していたわ。それで安心したんでしょう」

「舅どのの一番の薬は娘の看護であろう。養兼先生は、孫の顔を見せれば舅どのはまた若返られると言われた」

「お父っつぁんを喜ばせるために子を生《な》すなんて、おかしいわ」

と言いながら、おこんはしみじみと老いた父親の顔を見た。

磐音とおこんは夜通し金兵衛の看護をした。そのせいか、夜半を過ぎた頃には金兵衛の熱も幾分下がり、呼吸も楽になった様子が見られた。そこで磐音は八つ半（午前三時）の刻限、おこんを残して金兵衛長屋を出た。

朝稽古に出るためだ。

磐音はまだ暗い道を六間堀へは出ず、大川端へと抜けた。

しんしんと大川端は冷え込んでいた。河岸沿いの道をひたひたと両国橋へ向かうと、水戸家の石揚場《いしあげば》の辺りに人影があった。

金兵衛長屋の住人の浪人者だった。

常夜灯の灯りで二人は視線を交わらせた。

「それがしが居た長屋にお住まいじゃそうな」

磐音から声をかけた。それにしてもこのような刻限に、何の用があって大川と竪《たて》川が交わる石揚場などにいるのか。

「そなたの噂はさんざ長屋の連中に聞かされた。なんとも迷惑至極」

と吐き捨てた。

「それはお気の毒にございましたな」

「尚武館道場の後継か」

「縁あってかような道を選びました。富岡八幡宮前の親分の知り合いだそうですね」

「おぬし、権造とも知り合いか」

「深川というところ、助けたり助けられたりして生きていく土地柄にございます」

「われら、他人に同情や憐憫《れんびん》をかけられとうはない」

「たれもさようなことは思うておりませぬ。それがし、佐々木磐音と申します。そなた様は」

と改めて名乗った磐音は、相手の名を問うた。しばし無言を守った後、

「神無《じんむ》刀《とう》流憑神《つきがみ》幻々斎《げんげんさい》」

と吐き捨てるように名乗った憑神は、今磐音が歩いてきた道へとすたすたと姿を消した。

早朝、水戸家の石揚場で憑神はだれを待っていたのか、あるいはなにをしようとしていたのか、そんな疑問が磐音の脳裏を過《よぎ》ったが、余計なお節介じゃなと自らに言い聞かせ、一ッ目之橋を渡った。

磐音が尚武館の離れ屋に戻り、稽古着に着替えて道場に入ると、すでに朝稽古は始まっていて、小田平助の指導のもと、変わった稽古が行われていた。

磐音が驚いたのは玲圓も混じっていたことだ。

小田は槍折れと称する六尺五寸余の棒を片手で大きく振りながら、前後左右に飛び跳ねていた。小柄な体が鞭《むち》のようにしなり、なんとも躍動的だった。

その動きを、玲圓を筆頭に田丸輝信ら住み込み門弟が真似《まね》ていた。

玲圓は稽古槍を手にし、田丸や霧子らは尚武館の道具の六尺棒を槍折れ代わりに手にしていた。

「遅くなりました」

磐音の声に玲圓が動きを止めて、

「舅どのの風邪はどうか」

と訊いた。

「高熱を発して意識も朦朧《もうろう》としておる様子にすぐにお医師どのを迎え、診てもらいましたゆえ、ただ今はだいぶ熱も下がり、呼吸も楽になったようにございます。おこんは舅どのの看病に残して参りました」

「そなたも無理をせずともよかったに。おこん一人では心細かろう」

「長屋の住人たちも控えておりますゆえ、大丈夫かと思います。稽古が終わったら、それがし、深川に戻ります」

と磐音が言うのへ首肯《しゆこう》した玲圓が、

「小田平助どのが教えてくれた槍折れ片手振り回し、なかなかきついぞ。そなたも試してみぬか」

と自らの稽古槍を磐音に渡すと、

「かような稽古、剣術の諸派にもある。片手で重い木刀や棒を振り回しながら動き回ると、足腰、手首、腕が鍛えられて、若い連中にはうってつけの稽古になろう。明日からこの稽古を打ち込みの前に取り入れようと思うが、どうか」

「よき考えかと存じます」

磐音は稽古槍を片手に、小田平助が行っていた動きを真似てみた。頭上で稽古槍を回しながら前後左右に飛び回るのは、体の均衡がとれていないと続けられない。そのためには足腰がしっかりと鍛え上げられていなければ、技を続けることはできなかった。

磐音は段々とこつを摑んできた。

「さすがは若先生、棒振り踊りをたちどころに会得なされたぞ」

と田丸輝信が感心したように言った。

「田丸、他人のことはよい。この稽古、四半刻、半刻と続けられてようやく足腰に粘りが出よう。それができるまでやり通せ」

「大先生、いくらなんでも棒振り踊りを四半刻なんて無理でございます」

と泣きごとを言った。

磐音が道場に入ってきても黙々と槍折れを振り回し続けていた小田平助が、赤樫の槍折れを片手で身に引き付けるようにして止め、

「若先生、それがしの棒を使うてみられませぬか」

と差し出した。

「お貸しくださるか」

磐音は稽古槍から槍折れに変えた。驚いたことに、小田平助が回転させていた槍折れの先端には鉄輪が嵌め込まれていた。

「手首の弱き者は手首を痛め、腰を悪くしますが、若先生ならばすぐに会得なされましょう」

磐音の稽古槍の動きを、小田は自ら稽古を続けながら見ていたようだ。小田の鉄輪付の槍折れは稽古槍よりはるかに重かった。

磐音は道場の真ん中に行くと槍折れを片手に持ち、体の前に流すと呼吸を整え、静かに回し始めた。頭上に上げた槍折れが速度を増すと同時に、磐音は左右に腰

を使って飛び跳ねながら動き回った。手の動きと足の跳躍が段々と連動して磐音の体がばねのようにしなり、回転する槍折れが、びゅんびゅんと風を切り始めた。

磐音は動き始めより動作を止めるときに神経を遣い、なんとか槍折れを小脇に引き戻して稽古を終えた。

「若先生、それがしが三十有余年の歳月をかけて会得した稽古を、一瞬にして学び取られましたぞ」

と小田平助が嘆息して、

「それがしが持てる槍折れの技、勝手ながら佐々木磐音様にすべて伝授いたします」

と宣告した。

四

朝稽古の指導を終えた磐音が母屋に顔出しすると、すでに道場から上がっていた玲圓が、飯炊きのおかねの給仕で朝粥《あさがゆ》を食していた。

今朝は珍しく見物人もおらず、稽古のあと、母屋に従って茶を喫したり朝粥を食していく剣友もいなかった。

「若先生、膳《ぜん》をこちらに運ぶかね」

「おや、養母上はいかがなされた」

「早苗さんを連れて深川だ」

「なに、舅どのの見舞いに行かれたと申すか」

磐音が慌てた。

「霧子から金兵衛どのの容態を知ったおえいが、どうせ一睡もしておらぬ磐音が深川を往復した上、道場にまで出ておることを案じてな、早苗を伴い、おこんの手助けに行ったようじゃ。それがしが母屋に戻ったときには、すでに出ていったあとであったわ」

「それは真《まこと》に恐縮」

「なあに病気見舞いという名目で、師走の町を見物したかったのであろうよ。早苗も伴っておることじゃ、案ずるな」

「急ぎ朝餉を食し、それがしも六間堀に駆け付けます」

「若先生、お内儀様からの言伝《ことづて》だ。深川に来るに及ばず、少し体を休めよ、と厳しく言い残されて行かれただよ」

とおかねが台所に立った。

「磐音、金兵衛どのの世話は女らに任せよ」

玲圓も言葉を添えたため、磐音もおえいの命に従うしかなかった。

「小田平助どのの棒振り、若い修行時代を思い出したわ」

と玲圓が話柄を変えた。

「関前の中戸先生のもとで重めの木刀を片手で振り回す稽古はいたしましたが、飛び跳ねながらのあの動きは、なかなかきつうございます」

「小田平助どのが、あの体で三十余年の武者修行に耐え、生き残ってきたのも、棒振り稽古があっての賜物であろう」

おかねが磐音の朝粥を運んできた。

「世話をかけるな、おかねどの」

「偶《たま》には男同士で飯を食べるのもいいんじゃないかね」

苦笑いした磐音が合掌して椀《わん》を取り上げると、粥の中に餅が入っていた。

「若い連中は粥だけでは腹持ちが悪いでな、餅を入れただよ」

磐音も住み込み門弟らの餅入り粥の相伴に与《あずか》ったようだ。

「頂戴いたす」

磐音は玲圓の前にも拘《かかわ》らずいつものように食することに夢中で、気が付くと玲圓は茶を喫していた。

「失礼をいたしました」

「そなたの癖にも慣れたものよ」

と笑った玲圓に、

「養父上、井筒遼次郎《いづつりようじろう》が年明けより住み込み修行に入ります。宜しくお願い申します」

と願った。

この朝の稽古の終わりに遼次郎が磐音に、三が日が明けたら尚武館の長屋に入りたいと願ったのだ。

「井筒遼次郎は坂崎家を継ぐ身、そなたの後継ともいえる。そなた自身の手でしっかりと育て上げよ」

と命じた玲圓が、

「磐音、そなたが神保小路を初めて訪れたのは、いつのことであったかのう」

と昔を思い出してか訊いた。

「明和《めいわ》六年（一七六九）のことにございました」

「なに、およそ十年も前のことか。光陰矢の如しと言うが、わしが老いるのもむべなるかなじゃ」

磐音は玲圓が自ら老いたなどと口にすることを珍しいことと聞いた。

磐音は離れ屋に引き下がったあと、六間堀のおこんには悪いと思いながらも、夜具を敷きのべて仮眠した。

磐音が目覚めたのは七つ（午後四時）に近い刻限だった。熟睡したせいで、頭も体もすっきりと爽《さわ》やかだった。

磐音は夜具を片付けると外出の仕度をした。深川に行くためだ。ともあれ、おこんや見舞いに行ったおえいのことが気にかかり、母屋に顔を出そうとした。すると母屋と離れ屋の庭で小田平助がおかねを相手に薪《まき》を割っていた。

「若先生、ちっとは休めたかね」

「よう眠った。養母上は戻られたか」

「いや、まだだ」

「なに、まだとな。ならばなんぞ夕餉の仕度を考えねばなるまい」

「若先生、心配しなさるな。田丸さんらが、いつぞやの鍋《なべ》を作ると母屋の台所で張り切って働いておられるだ」

「浅蜊《あさり》鍋かな」

「出入りの魚屋からあんこうを分けてもらっただよ。量もたっぷりあるで、大所帯のうちでもなんとか間に合うべ」

と飯炊きのおかねが悠然と答えた。

「若先生、大所帯の尚武館の後継も楽ではござらぬな。夕餉のことまで案じなさるか」

小田平助は大斧《おおおの》を振りかぶると、立てた薪の上にふわりと落とした。すると薪が真っ二つに割れた。無駄な力が一切かかっていない薪割りで、これまた一場の芸だった。

「いつもは養母上やおこんが仕切っているので、われら男は口出しいたしません。ただし、かように女衆が外に出たとなると、大勢の住み込み門弟衆のことが気にかかります。それがし、生まれついての貧乏性なのでしょうか」

と磐音が苦笑いした。

「若先生は、豊後関前藩福坂《ふくさか》様の国家老の嫡男と聞いたばい」

「それがしが藩を辞して後、父は国家老に就かれたのです。それより前は中老職で、借財だらけの金策にいつも追われておられました」

と磐音が応えた。

「それにしても藩の重臣の嫡男、苦労があったような顔をしとらんたい」

台所から田丸輝信が姿を見せた。干し椎茸《しいたけ》が入った竹笊を抱えている。夕餉の鍋用に井戸端で水に浸け戻す気か。

「ご苦労だな」

「若先生、過日の浅蜊鍋の上々の評判に、われら門弟一同料理に目覚めました。お任せあれ」

と井戸端に走っていった。

「小田どのの薪割りもなかなか年季の入った技にございますな」

「若先生、剣術修行とはいいじょう、実態はあちらの寺で下男を務め、こちらの口入屋《くちいれや》で石垣積みの仕事を貰う、食い扶持《ぶち》探しの歳月やもん。飛騨《ひだ》の山寺でひと冬薪割りばっかりしてくさ、生き延びたこともあるたい。これでなかなか楽じゃなかもんね」

と丸顔が崩れて愛敬のある笑みが浮かんだ。

門前で白山の甘えるような吠《ほ》え声がした。

「戻られたようだな」

磐音は庭から門前へとおえいを迎えに出た。はたしておえいと早苗が戻り、辻《つじ》駕籠が神保小路から去っていくところだった。

「養母上、お心遣い申し訳ありません」

「なんのことがありましょう。おこんが気を利《き》かせて帰りは辻駕籠を頼んでくれました。駕籠の中から東と西の広小路の賑わいやら両国橋の往来を眺めて、たっぷりと師走の江戸を堪能してきましたよ」

とおえいが晴れ晴れとした顔付きで応じた。

「舅どのの加減はいかがです」

「おお、大事なことを忘れておりました。もう峠は越えたと、本日も往診に来られたお医師どのが言うておられました。熱も下がり、重湯《おもゆ》を食するようになられたので、おこんも明日には神保小路に戻ってくると言うておりました」

「それはようございました」

「磐音、年寄りの風邪はぶり返すことがままあります。おこんは大変でしょうが、年の瀬の内は六間堀のお長屋で金兵衛どのの看護をするのがよかろうと思います」

「いかにもさように存じます。それがし、これより養母上に代わり、深川に行って参ります」

「そなた、少しは休まれたか」

「それがしは稽古の後、最前まで熟睡しておりました。されどおこんが寝ておるまいかと存じまして」

「いかにもさようです。大変でしょうが願います」

早苗は大きな風呂敷包みを提げていた。

「深川からなんぞ購《あがの》うてこられたか」

「六間堀に、平井村からの百姓舟が瑞々《みずみず》しい野菜を売りに来ておりましたでな、駕籠を止めて購うて参りました。早苗さん、重かったでしょう」

おえいは、師走というのにうっすらと額に汗を浮かべた早苗を労《ねぎら》った。

「採れたての野菜でなんぞ夕餉を作りましょうかな」

「養母上、ご安心くだされ。門弟衆があんこう鍋の仕度をしております」

「なに、あんこう鍋ですか。それはまた旬《しゅん》の料理を思いつかれましたな。磐音、そなたはどうなされるな」

「夕餉を食するとなると、出かけるのが遅くなります。養母上方と交替で、この足で出かけます」

「ではお願いいたしますよ」

磐音が白山の吠え声に見送られて神保小路に出ると、霧子があとを追ってきて、

「お供いたします」

と言った。

磐音は霧子が話があって深川行きに同道したかと考えたが、霧子のほうから話し出す様子はない。佐々木家にとり、西の丸様の家基が十一代将軍位に就くことが必須の願いであった。だが、城中には、聡明にして英邁《えいまい》な家基が将軍に就くことを嫌う田沼意次《おきつぐ》一派が、家基を亡き者にしようと、これまでも度々刺客を送り込み、佐々木父子らに阻止されていた。

霧子は師と慕う密偵弥助《やすけ》とともに、家基の身辺に密かに目を光らせていた。

「霧子、西の丸様にお変わりはないようだな」

「弥助様から連絡がないところをみると、異変は生じておらぬかと思います」

「おこんの手伝いをと考えたか」

「差し出がましゅうございましたか」

「なんのことがあろう。かような場合、男は一向に役に立たぬでな」

磐音と霧子はいつの間にか武家屋敷を抜けて柳原通りに下っていた。

大晦日が近いせいで、江戸の町全体になんとなく慌ただしさが見られた。

「霧子、今津屋どのに挨拶をして参ろう」

二人は浅草御門を左手に見て、普段より一段と人の出が多い両国西広小路に入っていった。注連飾《しめ》りを売る露店が出て、その前を疲れ切った賃餅搗きの一行が次の注文先へと杵や臼を抱えていく。

そんな雑踏を抜けて両替商今津屋の店頭に立つと、店の中に緊張があり、老分《ろうぶん》番頭の由蔵《よしぞう》が三人の男たちと睨み合っていた。

海老茶《えびちゃ》の羽織を着た二本差しは浪人剣客風で、もう一人はぞろりとした絹ものの長羽織を着た若旦那《わかだんな》風だった。

「老分さん、あんたも話の分からんお人やな。今津屋は江戸の両替商六百余株を差配する両替屋行司、その今津屋さんにこの天秤《てんびん》で百両都合つけてほしいと願ているだけです。あんさんも最前認められたように、この天秤、ほんものです。言わば両替商の顔、看板でしょうが。この年を越す間だけ百両を融通してほしいと、かように頭を下げております」

「お客様、天秤は六百余軒の株仲間が鑑札《かんさつ》代わりに大事にしております。それを株仲間でもないおまえ様がうちに持ち込んで百両を貸してくれとは、筋が通りません。もしこの天秤の真の持ち主がうちに来られて、この師走を乗り切るのがいささか難しいゆえ、今津屋、百両を用立ててくれと言われれば、仲間内のこと、なんとか都合もいたしましょう。この天秤、両替商が廃業するとき、新株主に譲り渡すか、休業の折りは町年寄《まちどしより》に預けおく厳しい決まりがございます。それを素人《しろうと》のそなた様がうちに持ち込んで百両を都合しろとは、見当違いもはなはだしい」

磐音は由蔵の堂々たる応対を野次馬の後ろから見ていた。霧子はいつしか磐音のかたわらから姿を消していた。

長羽織の男が不意に天秤を手に立ち上がった。それを由蔵の手が押さえた。

「この天秤、どこから出たものか、両替屋行司のうちでしばらく預からせていただきましょう」

「やかましいや」

と突然長羽織が牙《きば》を剝《む》いたように羽織の裾《すそ》をぱあっと捲《めく》ると、

「老分、最前から言ってるように百両出さんかい。そしたら預からしてやろうじゃねえか」

と啖呵《たんか》を切ると、二人の用心棒浪人に向かって顎をしゃくりあげた。すると二人は刀を抜き、いきなり土足のまま今津屋の店に上がり込むと、帳場格子の中にある銭箱を一人が抱え込もうとした。

今津屋の内外に叫び声や悲鳴が上がった。

「なにをなさいます！」

と由蔵が立ち上がった。同時に長羽織の男が懐から火縄短筒《たんづつ》を取り出すと、由蔵の顔に向かって発射しようとした。

その腕にどこからともなく鉄礫が飛んできて、火縄短筒を構えた手首に、発止！

と当たると、火縄短筒を土間に飛ばしていた。

「あ、痛たた。たれじゃ、手向かう野郎は」

と長羽織が叫び、鉄礫が飛んできた今津屋の店の一角を睨んだ。そこには髪を束ねて後ろに垂らした霧子がいた。そして、人込みを分けて、磐音が姿を見せた。

「尚武館の若先生に霧子さん、いいところに」

と由蔵がほっとした顔をした。

「なにっ、尚武館だと」

と銭箱を小脇に抱えた浪人剣客が立ち竦んだ。

「師走とは申せ、いささか乱暴な所業じゃな。まず銭箱を下ろして刀を捨てられよ」

磐音の声が長閑に響いた。

「いよっ、今津屋の用心棒。いい塩梅《あんばい》の出番だよ！」

「おこんちゃんの亭主、昔とった杵柄《きねづか》、ご披露なせえ！」

「昔とった杵柄だと、べらぼうめ。尚武館の若先生は今を時めく剣術家だ。浪人強盗の二人や三人、あっさりと手玉に取るぜ！」

と野次馬が沸いた。

銭箱を抱えた浪人が一気に店頭から奥へと逃げ込もうとした。

霧子が土間から鉄礫を一つ二つと連続して投げた。それが見事に項《うなじ》にあたり、銭箱を抱えた浪人がつんのめるように帳場格子の前に転がった。

霧子は草履を脱ぎ棄てると、

「ご免」

と言いながらも飛び上がり、転がった浪人を片膝で押さえて首筋に手刀を打ち込んだ。

その早技を、長羽織の男ともう一人の浪人剣客が呆然と見ていたが、

「頭《かしら》、逃げ時だ」

と店から抜き身を下げて土間に飛び降りた。

磐音が動いたのはその瞬間だ。

飛び降りた浪人の前に立ち塞《ふさ》がると、抜き身を持った腕を片手で跳ねあげておいて、もう一方の手で腰帯を摑み、腰車に乗せて土間に叩き付けた。

その動きはまるで春風が路地を吹き抜けた風情で、そよりと行われ、土間に叩き付けられた相手が、

「きゅっ」

と呻いて失神した。

磐音が姿勢を正して長羽織の頭分を見た。

「頭、いかがなさる。いささか旗色が悪いようじゃが」

長閑な声が今津屋の店先に流れ、由蔵が、

「たれか、手代さん、小僧さん、南町まで知らせに走りなされ！」

と晴れやかな勝鬨《かちどき》を響かせた。

第三章　闘剣士

一

真っ先に土地の親分が飛び込んできて長羽織の頭分《かしら》をお縄にしたところで、磐音と霧子は由蔵に事情を告げ、深川六間堀へと急ぐことにした。

「金兵衛さんが風邪で寝込んでおいででしたか。それは知りませんでした」

と応じた由蔵が、

「佐々木様、今晩、神保小路にお帰りになりますか」

と尋ねた。

「舅どのの病気見舞いとは申せ、連日、朝稽古に遅れるようでは、門弟衆にも示しが付きませぬ。養父《ちち》にもそう無理はさせられませぬ。今宵じゅうには戻ります」

「店に灯りを灯しておきます。その刻限なら潜《くぐ》り戸を叩いてくだされ。南町へ無事引き渡したか、お知らせいたしますでな」

「相分かりました」

磐音と霧子は今津屋をあとに、両国橋のいつにもまして激しい雑踏を抜けて東広小路に渡り、竪川を一ッ目之橋で渡って大川端沿いの道をとった。

本早朝、憑神幻々斎が水戸家の石揚場の前に佇んでいたことが気にかかったからだ。だが、門が閉ざされた石揚場に格別変わった様子は見られなかった。

（要らざる節介であったか）

と磐音は何事にも関心を抱く自らの気性を笑った。

磐音と霧子が金兵衛の家に到着したのは、暮れ六つ（午後六時）の前後であった。

陽《ひ》はすっかり落ちて路地に家々の灯りが零れ、夕餉の膳を前にしているのか、子供の声が外まで響いていた。そして、寒気がゆっくりと辺りに忍び寄っていた。

戸を開けた磐音が、

「おこん、舅どのの加減はどうじゃ」

と奥に声をかけると、

「若先生か、何度も足を運んでもらってすまねえ。日中はおえい様まで見舞いに見えてよ、有難くも恐縮至極のこんこんちき。おちおち寝てもいられねえや」

と襖《ふすま》の向こうから金兵衛自らの悪態が聞こえた。

二人が金兵衛の臥《ふ》せっている筈の奥の間に行くと、金兵衛は床の上に座して、手持ち無沙汰《ぶさた》に煙管《きせる》を弄《もてあそ》んでいた。

「おこんはどうしました」

「養兼先生のところに薬を貰いに行ってるんだ。煙草《たばこ》は吸っちゃならねえって、煩《うるさ》く言いやがるからよ、あいつのいない留守に一服しようと思ったら、煙草盆も煙管もあるんだが、刻みがねえや。あいつがどこかに隠したんだね」

「煙草は喉によくございますまい。もう少しの辛抱です」

磐音が応え、霧子に顔を向けた金兵衛が、

「年の瀬の忙しい折りに、おえい様、武左衛門《ぶざえもん》旦那《だんな》の娘に、今度は霧子さんか。すまねえな」

と頭を下げた。

「私でもなんぞおこん様の手伝いができるのではないかと、若先生に無理を願って連れてきていただきました」

「女衆《おんなし》が一日に何人も訪ねてくるなんて、何年もねえことだ。なんとしてもすまねえや。それにおこんにも迷惑をかけてよ」

と金兵衛が珍しく弱気な口調でおこんのことに触れた。

「舅どの、それがしの住もうておった長屋に新しい住人が入られたようですね」

磐音が話題を変えた。

「おお、あの侍夫婦か。富岡八幡前の権造親分に頼まれたんだ。まあ、知らない仲じゃなし、顔も見ずに引き受けてしまったんだ。引っ越してきたら、夫婦してなんだか薄気味悪いや。店子《たなこ》の手前、人物は保証すると言ってあるんだが、私もよく知らないし、ともかく得体が知れねえや。権造親分に文句を言いに行こうとしたところで、この風邪だ」

と答えた金兵衛が、

「若先生、なにかあったか」

と不安げな顔で訊いた。

熱のために肌がかさかさに乾き、白っぽい無精髭が疎《まば》らに伸びて、いつもの金兵衛の精気がないだけに、不安が一層募る表情だ。

「いえ、なにがあったというわけではありません」

と前置きして、早朝、水戸家の石揚場の前で会ったことを告げた。

「なんだって、七つ（午前四時）前の刻限にそんなところにいたってか。権造め、憑神様なんて奇妙な姓の侍がどんな仕事をしているか、この金兵衛に教えないまま長屋に送り込んできやがった。元気になったら、富岡八幡まで一言文句をつけに行かなきゃなるまい」

と金兵衛が応じたところに玄関に人の気配がして、

「あら、来ていたの」

とおこんが薬袋を手に姿を見せた。そして、霧子がいるのを見て、

「ご免なさい、霧子さんにも心配かけて」

と詫びた。

「そなたが寝ておらぬのではないかと案じて、霧子が付いてきてくれたのだ」

「おこん様、今宵はこちらにて徹宵《てっしょう》するつもりで参りました。その間、おこん様は、少しでも横になってお休みください」

「有難う」

不眠不休で気まで弱くなっていたおこんの眼が潤んだ。

「お二人とも夕餉はまだでしょ。今日は養母上が持ってきてくださった鰤《ぶり》の切り身を焼こうかと思っていたところなの。一献つけるわね」

「病人の前だ、酒はやめておこう」

おこんの言葉に磐音が応じると、

「若先生、私のことならもう大丈夫だ。おこんに粥《かゆ》なんぞ食わしてもらうより、人が景気よく酒を飲んでいるのを見るほうがなんぼか元気も湧く。遠慮などしないでくれ」

と金兵衛が願い、おこんも早速台所に立った。そして、霧子も、

「おこん様、なんぞ手伝わせてください」

とおこんの後を追った。

金兵衛と磐音が居間に残された。

「若先生、二人だけの折りだ。言っておきてえことがあるんだ」

「なんでございますな、舅どの」

「遺言だと思って聞いてくれませんか」

「遺言とは、いささか気が早うございましょう。風邪もすでに回復期に入っておられる」

「いや、ばあさんはもう十何年も前に死んだ。私がいつあの世に行っても不思議はないよ」

磐音は答えようがなく返事に詰まった。

「私が死んだらおこんは一人、若先生だけが頼りだ。なんとかお頼みいたしますぜ」

「舅どの、そのような気の弱いことでどうなさる。風邪は万病のもととは申せ、養兼医師どのの調薬でかように元気になっておられる。死ぬ筈もございませぬ」

「そうは言うが、熱に浮かされて、おのぶにおいでおいでされたときにゃ、おれも終わりだと思ったよ」

金兵衛はいささか伝法《でんぽう》な口調で言った。

「それは熱がもたらした幻覚にございます」

「幻覚かなにか知らねえが、向こうで独り身だからって、おれを呼ばなくてもいいじゃねえか。おれはまだこの世に未練があるんだよ」

と金兵衛が嘯《うそぶ》いた。

「舅どの、未練とは孫の顔を見ることですか」

「若先生、よく分かったな」

「昨日もどなたかに言われたばかりです」

「考えることはたれも一緒だな」

と金兵衛は得心したように頷いた。

台所から魚を焼く香ばしい匂いがしてきた。おこんと霧子の楽しそうな笑いも伝わってきた。

「舅どの、最前遺言と思うて聞いてくれと言われましたが、それはもうよいので」

「おっと、それを忘れていた」

と苦笑いした金兵衛は思いがけないことを言い始めた。

「おこんは十五の歳から今津屋に奉公に出て、最初の頃はそんな余裕もなかったろうが、今津屋の先代の許しを得て給金の一部をこの私に年何両か届けると言いだしたんだ」

「そのようなことがございましたので」

「私はこの界隈の四軒の長屋の差配のお蔭で、一人の食い扶持くらいは困らない。そこで私は先代に願って、どうかおこんが奉公をやり遂げるときまでお預かりくださいとお頼みしたんだよ。まだ老分なんぞに出世していなかった由蔵さんも同席していなさったから、事情は承知だ。先代の大旦那が私の返事を聞いて、それならばこの金子はうちでお預かりして、手堅い商いに運用し、おこんがうちを辞するときに私に届けると言われたんだよ」

「そのようなことがございましたので」

金兵衛が寝床から長火鉢に這《は》い寄り、小引き出しを開けると、紫地の布の包みを出した。そして、それを手にまた寝床に戻り、

「若先生、おこんが今津屋を出て速水左近様の屋敷に養女に行って数日後、由蔵さんがうちに見えて、おこんが給金から父親の仕送りと思ってきた積み金の元金が二十一両二分、その元金をこの十年ほど運用して得た利が五十三両一分と一朱、都合七十四両三分と一朱ですと、運用した経緯《いきさつ》と損益を事細かに記した書き付けを、これはおこんさんが親父様のために給金からのけて貯められたもの、お受け取りくださいと、置いていかれたんでございますよ」

「おこんは承知にございますか」

「むろん自分の給金から私に渡そうとした金子です。そのことは承知でしょうが、まさか今津屋にその給金が舞い戻って運用されていたなんて知りはしますまい」

「舅どの、おこんはよいお店に奉公いたしましたね」

「いかにもさようです。先代が亡くなられ、当代の最初のお内儀は病がちで早死にしなさったとは申せ、女の奉公人を奥務めとして重用されるお店などございませんよ」

磐音も頷いた。

「若先生、この金子、うちにあっても邪魔なだけだ。年寄り一人の食い扶持は、最前も言ったが長屋の差配で十分です。私がぽっくり逝って、大金が出てきたとなりゃあ、金兵衛め、なんぞ悪さして大金を貯めていたかってんで、南町の強欲与力が取り上げないともかぎるめえ。おまえ様が預かってくんな。頼まあ」

と照れを隠すように乱暴に言った金兵衛が、紫地の包みを磐音の膝元《ひざもと》に押しやった。

南町の強欲与力とは奉行牧野成賢の懐刀、年番方与力の笹塚孫一のことだろう。

「舅どのの手からおこんに渡すのが一番宜しいかと存じますが、いかがです」

「おこんは承知のとおり頑固な娘でね、一旦お父っつぁんに渡したお金、私のものじゃありませんと突き返されるのがおちだ」

「困りましたな」

「尚武館は大所帯だ。あれこれ費用《かかり》も要ろう。そんなとき、役に立ててくれませんか」

「いかに舅どのの金子とは申せ、勝手に使えるものではござらぬ。また尚武館はご存じのように改築を済ませたばかり、当面金子が要る予定もござらぬ」

と磐音は思わぬ申し出に困惑した。

「若先生、佐々木大先生の代には要らぬ金子かもしれない。だが、おまえ様とこんの今後は長いんだ、なにがあるかもしれない。そのときのためにさ、頼む、預かってくださいな」

と金兵衛に頭を下げられ、

「ささっ、早く懐に入れねえと、おこんが嗅ぎつけて厄介なことになってもならねえ」

と磐音は無理やり懐に包みを仕舞わされた。

「お待ちどおさま」

とおこんの声がして膳が四つ運ばれてきた。

磐音ら三人の膳の主菜は、おえいが持参したという寒鰤の切り身の照り焼き、鶏肉と牛蒡《ごぼう》、人参、蒟蒻《こんにゃく》の煮付け、大根の千六本《せんろっぽん》と油揚げの味噌汁《みそしる》に香の物だった。

「なんだい、おこん、私の膳だけ粥に梅干しかえ」

「まだ病人だってことを忘れないで。正月に御節《おせち》料理を食べるためにも、今は我慢よ」

と娘に諭されて渋々《しぶしぶ》頷いた。それでも皆と膳を並べて食するのが嬉しいらしく、

「ほれ、おこん、旦那に酒を注《つ》がないか」

と他人のことにまで口を出すようになった。

磐音は猪口《ちょこ》に二杯ほど酒を飲み、いつもより遅くなった夕餉を、いつものように没入して食すると、

「舅どの、おこん、霧子、今日はこれで失礼いたす」

と立ち上がった。

「なんだい、今日はまたえらい早いね」

「今津屋に寄らねばなりません。その経緯は霧子から聞いてください」

「えっ、なにかあったの」

「それがしが説明していると、老分どのを待たせることになる。霧子、頼む」

と霧子に願い、磐音が包平《かねひら》を片手に金兵衛の家を出ると、おこんが門前まで見送りに出てきた。

「おこん、霧子の好意を素直に受けて体を休めよ。疲れが顔に出ておる」

あら、と顔に手を当てたおこんがその手を磐音の頬に触れさせた。

「お気を付けて」

「そなたもな」

くるりと背を向けた磐音は、大川から吹き付ける寒風に向かって小走りに歩き出した。


磐音が今津屋に寄ったのは、五つ半（午後九時）前のことだった。

由蔵は約束どおり店の中に灯りを灯して、その灯りが薄く開かれた臆病窓《おくびょうまど》から米沢町の通りに零れていた。

「遅くなりました」

磐音の声を聞いた店の中に人の気配がして、潜り戸が開かれた。振場役《ふりばやく》番頭の新三郎《しんざぶろう》だ。

「新三郎どの、お待たせいたして相すまぬ」

「いえ、ちょっと大晦日前の帳簿の整理をしておりまして、ようやく終わったところにございます」

「夕餉はまだですか」

新三郎が笑いながら頷いた。

「佐々木様は済まされましたかな」

と帳場格子に残った由蔵が訊いた。

「舅どのと一緒に済ませました」

と答えた磐音は、

「騒ぎの後始末もつけずにお店を立ち去り、申し訳ないことをいたしました」

新三郎は由蔵と磐音の話に遠慮してか、挨拶して台所に去った。

「それでございますよ。あの三人組、師走に入って、うちの他に二つばかり類似の手口で天秤を質屋などに持ち込み、大金を借り出していたということです」

「両替商の大事な鑑札の天秤が、いくつも市中に出回っているのですか」

「そこです。うちに持ち込まれたのは間違いなく正真正銘の本物でした。その辺のからくりは、南町の吟味方《ぎんみかた》のお調べで明日にもはっきりといたしましょう」

と由蔵がほっと安堵の表情で言い、

「どうです、お酒の相手をしていただけませんか」

と磐音を誘った。

「明朝の稽古を考えますと、本日はお暇《いとま》いたします」

と答えた磐音は懐の金子に思い至り、

「老分どの、いささか知恵を借りたい儀がござる」

と金兵衛から押し付けられた七十四両余の金子のことを告げた。

「おやおや、あの金子が巡り巡ってうちに戻ってきましたか」

「老分どの、お預けして宜しいですか」

「どちらも金子にはお困りでないらしく、押し付けあっておられるとは」

「いや、それはいささか事情が違います。いずこもが余分の大金など持ちつけぬゆえ、かように困っているのです」

由蔵はしばし考えていたが、

「ようございます、お預かりいたしましょう」

となにか考えがあるのか応えると、筆を取り、

「確か七十四両三分と一朱でしたな」

「いかにもさようです」

「このご時勢、死に金にしてもいけません。明日にも旦那様と相談して運用を考えますでな」

と請《う》け合った。

「申し訳ござらぬ」

由蔵がすらすらと認《したた》めた預かり状を大事に懐に入れた磐音は、

「今宵はこれにて失礼いたします」

と丁寧に腰を折って潜り戸を跨《また》いだ。すると中から見送りに土間に下りた由蔵が潜り戸の錠を下ろす音が、米沢町の夜に響いた。

二

朝稽古が終わった刻限、木下一郎太が尚武館に姿を見せた。

磐音が玄関前に行くと、巻羽織に着流しの一郎太がすっかり顔馴染《かおなじ》みになった白山と戯れていた。かたわらで小者が一郎太の様子を眺めている。

「木下どの、お早いお越しですね」

磐音の言葉に白山の頭を撫《な》でて立ち上がった一郎太が、

「昨日は真《まこと》にお手柄にございました。若先生と霧子さんが手捕りにした三人組、余罪がありましてね、正月を前に江戸を逃げ出そうとしていたのです」

と今津屋の騒ぎの報告に来たようだった。

「それはご丁寧に。それにしても両替商の表看板の天秤、老分どのは本物だと太鼓判を押されておりましたが、そのようにいくつも本物が市中に出回っているものですか」

「それです。今津屋に持ち込んだ天秤は両替町の伊勢屋仁左衛門《いせやにざえもん》方から出たもので、本物です。伊勢屋は思惑相場でだいぶ借財がありまして、商売道具の天秤まで債権者に脅《おど》し取られたようです。それが神奈川宿の伝馬宿《てんま》の倅、悪の理三郎《りさぶろう》に渡って、こやつが天秤の贋物《にせもの》をいくつか造り、両替屋の伊勢屋の名で入質して、都合四店から百三十両ばかり騙《だま》し取っています。ですが、五店目の質屋の番頭が見抜いたため、危なくなった理三郎らは本物を百両で処分して神奈川に逃げようと、今津屋に飛び込んだのです。いくら江戸の事情に暗いからといって、選《よ》りによって由蔵が目を光らせる今津屋に飛び込むとは、とんだ愚か者です。ひょっとしたら、理三郎の背後にもう一人くらい知恵者が噛《か》んでいるかもしれませんが、あやつも今のところその辺りは否定しているようです。しかし二、三日もすれば喋《しゃべ》るでしょう」

「それはご苦労に存じました」

「奉行の牧野様が私を呼ばれて、佐々木さんにまず吟味の途中経過を知らせて参れと命じられたのです。お奉行は佐々木さんの日頃からの協力に、なんぞ褒賞をと考えておられるようですが、いくらなんでも佐々木さんに青緡《あおざし》五貫の銭金とはいきますまい。褒賞が思い浮かばぬようです」

と一郎太が苦笑いした。

「牧野様にお伝えください。それがしと霧子、偶然にも今津屋に立ち寄っただけのこと、褒賞などご放念いただきたいと」

「まあ、お奉行はさておき、笹塚様の手柄の多くは佐々木さんの手助けがあったればこそ。ですがこちらのお方は口先ばかりで、全くなにも考えておられませんし」

と一郎太が苦笑いし、白山の頭をもうひと撫でするると、

「市中見廻《みまわ》りに戻ります」

と律儀に挨拶して尚武館を去ろうとした。

「正月、よければ菊乃《きくの》どのとお越しください。もっとも、うちでは武骨すぎますか」

「いえ、菊乃どのに伝えればきっと喜びます」

と一郎太が急に張り切った。

菊乃は北町奉行所与力瀬上菊五郎《せがみきくごろう》の次女だ。一郎太と幼馴染みの菊乃は直参旗本豊織《とよおり》家に嫁いだが、子を生さぬという理由で離縁になったとか。八丁堀の役宅に戻り、一郎太と再会して付き合いが始まっていた。

一郎太と小者が神保小路から去ったあと、井戸端に行くと、珍しく品川柳次郎がこの時刻まで尚武館に残っていた。

「おこんさんは六間堀から戻られていないようですね」

「風邪はもう峠を越えました。昨日から霧子が手伝いに六間堀に行ってくれています。あとでそれがしも二人を迎えに顔出しするつもりです」

と応じた磐音は、

「今朝は最後まで稽古をなさいましたか」

「こう押し詰まると内職もありません。日頃溜《た》まったうっぷん晴らしに竹刀を振り回してみましたが、足が追いつきません。一日怠《なま》けると、取り戻すのに三日、いや五日はかかります」

と柳次郎が苦笑いした。

「品川さん、これから本所にお帰りですか」

はい、と答えた柳次郎が、なにかという顔で磐音を見た。

「ならば朝餉を付き合ってくれませんか。それがしも両国橋を渡りますので、ご一緒しませんか」

「尚武館名物の朝粥ですか。頂戴します」

と柳次郎がきっぱりと答えた。


一刻後、両国橋を渡る磐音と柳次郎には連れがあった。竹村《たけむら》武左衛門の長女早苗だ。


柳次郎が朝粥を食するのを見たおえいが磐音に、

「幾代《いくよ》様にうちで搗いた鏡餅《かがみもち》を貰っていただけないでしょうかね」

と言い出した。


尚武館では今年若夫婦が身内に加わったこともあって、いつもの年より餅を何臼も多く搗いた。ために鏡餅が例年より多くあった。

「品川家でも鏡餅は用意されておりましょうが、他所《よそ》からの鏡餅もまた風情が違いましょう」

とおえいに答えた磐音が、

「品川さん、尚武館の鏡餅、いかがですか」

と言うと、二杯目の粥を食していた柳次郎が、

「わが家では頂くものは夏も小袖《こそで》です」

と奇妙な譬《たと》えまで持ち出して歓迎した。

「養母上、品川家に鏡餅を配るとなると、竹村家にも届けましょうか」

「なら早苗をお連れなさい」

とおえいが師走に奉公に出た娘の顔を見せに連れていきなさいと命じた。そのようなわけで柳次郎と早苗は、一重ねの鏡餅を風呂敷に包んで背に負っていた。

「品川さん、年も改まりますが、椎葉有《しいばゆう》どのとの祝言、日取りなど決まりましたか」

「あちら様の意向もあって、先年亡くなられたお婆《ばば》様の三回忌が済んだ秋ということとなりました」

「それはめでたい」

「それについて佐々木さんにお願いがあります。いえ、このように歩きながら切り出す話ではありませんが、私どもは佐々木磐音様とおこん様に仲人をお願いしたいのです。われら、北割下水住まいの内職御家人の祝言に、尚武館の若先生と

おこん様ではちと釣り合いがとれませんが、私には他に願うお方などありません。引き受けていただけませんか」

「品川さん、仲人を務めるにはそれがしもおこんも未だ半人前。それでも宜しいのですか」

「是非お願いします」

と両国橋の真ん中で立ち止まった柳次郎が、腰を折って頭を下げた。

「おや、柳次郎さん、師走に来て銭の工面でもつかないかえ。尚武館の若先生に無心の図かね」

と楊弓場《ようきゅうば》「金的銀的《きんてきぎんてき》」の朝次《あさじ》親方の声が響いた。

「親方、金の無心など、見当違いも甚だしい。それより大変なお役を頼まれたところです」

と磐音が苦笑いした。

「金の無心より大変な役とはなんだろうな」

と朝次が首を捻《ひね》り、早苗が、突然言い出した柳次郎の頼みを話した。

「なんだって、月下氷人《げっかひょうじん》の大役を両国橋のまん真ん中でか。北割下水の品川柳次郎らしいや。もっとも柳次郎さんにとって、この橋が二人の絆《きずな》をかためた橋らしいから、うってつけの舞台かもしれないがね」

と笑った朝次親方が、

「時は安永七年の年の瀬、舞台は両国橋の人込みの中、立会人がおれと竹村の旦那の娘とあれば、断るわけにもいくまいぜ」

と言って磬音の顔を見た。

「品川さん、親方、おこんに訊いて正式なご返答を申し上げるということで、いかがでしょう」

柳次郎がにっこりと笑い、親方が、

「よし、ことは半ば成った」

とぽんと両手を叩いて一本締めをした。

朝次と別れて北割下水の品川家の門を潜ると、

「なんだ、柳次郎はおらぬのか」

と野太い声がして、それにかぶさるように幾代の、

「痩せても枯れても柳次郎は品川家の主《あるじ》にございますぞ。いくら友とは申せ、呼び捨てとはどういう了見です。ははあん、早、お屋敷をしくじりましたか。それで柳次郎に仕事でも見付けてもらおうという算段ですか」

と怒りの言葉がした。

「母上、家の外まで二人の話は筒抜けですよ」

と呆れた様子で柳次郎が一人だけ庭に入っていった。

「母上、尚武館より鏡餅を頂戴いたしました」

「なにっ、餅か。佐々木の家も気が利かぬな。暮れのことだ、どうせなら餅より酒であろうが」

「父上」

と早苗の叱声が響いて早苗と磐音が柳次郎のあとから姿を見せると、

「なんだ、尚武館の若先生も早苗も一緒か」

と武左衛門が門番のお仕着せ姿で縁側から立ち上がった。どうやら仕事の合間に息抜きに来たようだ。その武左衛門に、幾代がなにやかや言いながら、応対していた。武左衛門の前には茶と醬油煎餅《しょうゆせんべい》が供されていた。

「なんだ、早苗。おまえも鏡餅を持たされておるのか。うちは安藤《あんどう》家の長屋住まい、鏡餅を飾ってどうするのだ。佐々木家も気が利かぬというのは、そういうところだ」

と武左衛門がうっかりと洩らし、

と不注意を咎《とが》める早苗の声に続いて、

「父上」

ぴしゃり

と幾代の手が、かたわらに置かれてあった孫の手を掴んで武左衛門の膝を叩いた。

「おっ、これはうっかりしたことを口にしたらしい。幾代様、早苗、これは戯言《ざれごと》じゃ。師走も押し詰まり、軽口の一つも言わぬと世の中が刺々《とげとげ》しいでな」

と慌てて取り繕《つくろ》おうとした。

「武左衛門どの、親しき仲にも礼儀あり、と親御様に習わなんだか。竹村家では、主のそなただけがこうも軽々しい人間に育たれたか」

と幾代に呆れられた。

「幾代様、暮れも押し詰まりましたが、お変わりございませんか」

「佐々木様、縁側で武左衛門どのの無駄口を聞いております。なんの変わりがございましょう。それより、金兵衛どのの風邪はいかがですか。おこん様もご心配のことでしょう」

磐音の言葉に幾代が応えたところへ、

「なにっ、どてらの金兵衛が風邪じゃと。日頃の因業《いんごう》の報いが師走に出たか。世も捨てたものではないな」

とまたまたうっかりしたことを洩らし、
ぴしゃり
と更に強く膝を打たれた。

「父上、おこん様が連日泊まり込みで看護なさっておられるのです。それを、因業の報いなどとあらぬことを申されて、なんということです」

と早苗にも叱咤《しった》されて、

「うーむ、ああ言えばあちらに差し障り、こう言えばこちらで角が立つ。世間は実に生き難《にく》いわ」

とぼやいた。

早苗が背から鏡餅をおろし、

「幾代様、折角の尚武館のご厚意を父が要らぬと申しております。それでは心を込めて搗かれた餅が可哀想《かわいそう》にございます。こちらに置いて参ります」

と風呂敷包みを縁側に置くや、武左衛門が伸しかかるようにがばっと飛びつき、

「早苗、そなた、戯言と本気の区別がつかぬのか。うちが頂戴した鏡餅、なぜ二

重ねも柳次郎のところに置いていかねばならぬ」

と顔を真っ赤にして喚《わめ》いた。

「なら素直に若先生にお礼を申し上げてください」

早苗に厳しく言われた武左衛門が風呂敷包みを膝に抱えて、

「尚武館の若先生、こたびは真《まこと》に結構なものを頂戴し、礼の言葉もござらぬ。それに舅どのの風邪を因業の報いなどとつい調子に乗り、これ本心に非ず、撤回いたす」

とぺこりと頭を下げた。

「ふうっ」

と縁側でやり取りを聞いていた柳次郎が溜息をつき、

「竹村の旦那のところだけは、師走も盆も関わりないようだな」

と言った。武左衛門が、

「おおっ、忘れておった。それがし、そのことをおぬしに伝えに来たのであったわ」

と言い出した。

「旦那、変わったことでもあったのか」

「あの用人がな、そなたら、奉公して間もないゆえ正月の餅代ほどじゃが、と金子をくれおったわ。それがなんとたったの」

娘が父親の口を手で塞いだ。

「父上、それ以上言うてはなりませぬ。ご奉公先からのお気持ち、ありがたく頂戴して母上にお渡しくださいし」

「わ、分かった。さ、早苗」

と武左衛門が喚き、早苗が手を離した。

「竹村さん、よかったですね。このご時世、奉公を始めたばかりの使用人に餅代など出すところはありません。安藤家への口添えをしてくれた品川さんに、とくと感謝してくださいし」

「若先生、それがし、常々心の中《うち》では幾代様を伏し拝み、尚武館の方角に向かって佐々木家の繁栄を願い、八百万《やおよろず》の神に頼んでおるのだ。それがしが奥ゆかしいばかりにその心情が顔に現れぬのが、困ったところよ」

と言うと鏡餅を両手に抱いて縁側から立ち上がり、

「早苗、父は屋敷に戻る。そなたも風邪など引かぬように奉公いたせ」

と言うと、

「ご一統様、よいお年をお迎えくだされ」

とぺこりと頭を下げて、肩を怒らせるように品川家の庭から出ていった。

早苗がなんとも複雑な表情で見送り、

「いつものことながら、父の粗忽《そこつ》をお詫び申します」

と詫びた。

「早苗さん、そのような言葉はわれらの間には要らぬ。そなたの父もすべて分かっていて、あのような憎まれ口を叩かれるのだ、われらがなんの遠慮も要らぬ間柄と承知だからだ」

「品川様、そのお心遣いやお気持ちに、父は甘えておられます。もはや父は四十を超えられました。もうその甘えは許されません」

「早苗さん」

と幾代が感極まったように言い、

「武左衛門どのの功績といえば、子らが立派に育たれたことです」

と言うと、涙を隠すために、

「佐々木様、早苗さん、茶を一杯飲んでいってください」

と台所に立っていった。

磐音と早苗が金兵衛長屋を訪ねると、裏庭に面した縁側でおこんが金兵衛の無精髭を剃《そ》っていた。

「おや、もう起きられてよいのですか」

「若先生、師走にすっかり迷惑をかけちまったな。初めての正月を嫁入り先で迎えるという一番忙しいときに、おこんがこっちに居座りで神保小路を留守させちまって、なんの役にも立たなかったよ。大先生にもおえい様にも申し訳ないや」

金兵衛が詫びた。

「そのようなことを気になさることはございません」

と金兵衛に答えた磐音は、

「おこん、養兼先生はどう言われておる」

「最前、診察に見えて、もう床上げしてもよかろうとおっしゃったの。それで私が神保小路に戻る前に身嗜《みだしな》みをと、髭を剃っていたところなの」

おこんは、金兵衛がまだ床屋に行くほどには回復していないと考えたのだろう。

「もう舅どのを一人にしてよいであろうか」

「お父っつぁん、もう大丈夫よね。どう」

と娘に言われた金兵衛が、

「いつまでも娘に甘えちゃいられないよ」

と少し寂しさを漂わせた口調で答えたものだ。そこへ玄関から水飴売りの五作が姿を見せて、

「大家さんよ、あの気味の悪い侍が昨日から家に戻ってないんだと。お内儀がおろおろしてんだが、どうしたものかね」

と切り出した。

「なんだって、憑神様が戻ってこないってか。徹宵して用心棒の仕事でもしてるんじゃないか。一晩だけなんだろ、もう少し様子を見たらどうだ」

「昨日出がけに、夕暮れまでには戻ると言い残していったらしいんだ。あんなふうでも約束は必ず守り、約束の刻限は違えず長屋に戻ったそうだがな。どうしたものかね」

と五作が言い、金兵衛が磐音を見た。

「だめよ、お父っつぁん。うちの人になにか頼もうなんて」

とおこんが悲鳴を上げて、手を振った。

三

磐音は何年ぶりかで、富岡八幡宮前でやくざと金貸しの二枚看板を掲げる権造親分の家の前に立った。背に瓢箪《ひょうたん》の図柄を染め込んだ海老茶の半纏《はんてん》を着た若い衆が、立派な門松の飾られた戸口で所在なげに往来を見ていた。

商売繁盛と見えて、なんとなく家の内外がこざっぱりとして余裕が窺えた。

「親分はおられるか」

と磐音が訊くと、若い衆が磐音を仔細《しさい》に眺めて、

「見れば悪い形《なり》でもねえが、このご時世、仕事探しか。もう暮れも押し詰まっていらあ、年が明けてから来な」

とつっけんどんに言い放った。

「それがし、用心棒の仕事を貰いに来たのではない」

「だったらなんだい。でえいち親分は留守だ、いなさらねえよ」

「ほう、どちらに行かれた」

「そんなこと一々、見ず知らずのおめえに答える要があるかえ。出直すんだな」

磐音と権造が繁《しげ》く付き合っていた時代は、もう何年も前のことだ。一家の若い衆の顔ぶれも様変わりしたか、磐音を知らぬ様子だ。敷居の向こうにいる数人の子分も、二人の会話を関心がなさそうに聞いていた。

「代貸《だいがし》もおられぬか」

「いねえな。うちは用心棒のなり手に食傷してんだよ。この年の瀬に待ちが五、六人いるんだ。銭になる仕事なんかねえぞ。他をあたりな」

「ならば、しばし待たせてもらおう」

と磐音が敷居を跨ごうとすると若い衆が立ち塞がり、

「分からねえ野郎だな。叩き出される前におとなしく出ていけと、おれが言ってるのが分からねえのか、さんぴん」

「弱ったな。権造とも五郎《ご ろ》造《ぞう》とも知り合いなのだが」

「てめえ、こっちが下手に出りゃあ、いい気になりやがって、うちの親分のことを権造、代貸を五郎造と呼び捨てにしやがったな。もう勘弁ならねえ、腕ずくでも詫びさせるぜ」

と半纏の袖を手繰《た ぐ》って二の腕を見せた。すると情けない彫り物の蛇が腕に巻き付いていた。だが、銭が続かなかったか、痛みに耐えられなかったか、筋彫りだけで終わっていた。

「そなた、我慢ができなかったか」

驚くと思って二の腕を晒《さら》した若い衆は、磐音が平然としているのでいよいよいきり立った。奥に向かって、

「三公、おれの長脇差持ってきな」

と兄貴風を吹かせて命じた。すると十六、七の三公が、柄のがたついていそうな長脇差を持ってきた。

「千八《せんぱち》兄い、手伝うか」

ひょろりと背ばかり高い三公が磐音を睨《ね》め付けながら言った。

「馬鹿野郎、どさんぴん一人くらい始末できねえでどうする。見てな」

と長脇差を腰帯に差し込むと、

「権造一家の千八をなめくさったな。てめえのでけえ体を二つに叩っ斬って、堀の魚の餌《えさ》にしてやる」

と千八が最後の脅しをかけた。

「千八、やめなやめな」

と通りの向こうから声がして磐音が振り向くと、派手な唐桟縞《とうざんじま》の羽織を着た権

造と代貸の五郎造が、子分二人を従えて立っていた。右腕の五郎造は腰に長脇差を差し、矢立てもぶら下げ、やくざの代貸か金貸しの番頭か分からない形をしていた。

「千八、てめえ、おれの帰りが一足遅かったら、薄汚え首が師走の空に舞い上がっていたぜ。相手を見ねえか」

久しぶりに会う権造はそれなりの貫禄《かんろく》を身に付けていた。

「親分、無沙汰をしておる」

と磐音が権造に話しかけると、千八が、

「なんだ、親分の知り合いか」

「知り合いもなにも、大変なお方をがたぴし丸で叩っ斬ろうなんて剣呑《けんのん》だぜ」

「だれでえ、この侍はよ」

「てめえら、若い連中は知らないか。その昔、六間堀の金兵衛長屋に住んでおられた頃はうちとも昵懇《じっこん》の付き合いがあってよ、再三仕事を願ったこともないわけじゃねえ。だが、ただ今は、おいそれと仕事を頼める相手じゃねえ」

千八が磐音をじいっと見た。

「ぼおっとよ、金玉抜かれた狆《ちん》ころみてえに、にこにこ笑って突っ立ってるだけだぜ。なにがえれえんだ、親分」

「千八、てめえも、神保小路にある直心影流尚武館佐々木道場の名くらい知ってるだろう」

「おうさ、なんでも江戸で一番門弟の数が多いってね」

「数が多いばかりじゃねえ。その昔、炎の剣の遣い手と言われた道場主の佐々木玲圓様は江都《こうと》一の剣客だ。そちらのお方はな、その玲圓先生の後継、居眠り剣法ってそら恐ろしい剣の達人だ。千八、それでもがたぴし丸を抜くか」

「ごくり」

と音を立てて息を詰まらせた千八が、

「お、親分。今日は気分が悪いや、やめておくぜ」

と磐音の顔を見ないように目を逸らし、そおっと家の中に姿を消した。

「佐々木様、この数年の出世ぶりはどうだ。深川六間堀の汚え裏長屋から川向こうの武家屋敷のまん真ん中、神保小路に住み替えだ。櫓下《やぐらした》のすべた女郎が、華の吉原の太夫《たゆう》になったようなもんだぜ。その上、尚武館の跡継ぎにはなる、今津屋のおこんさんを嫁に貰う。なんとも派手なご出世だ」

「親分、いささか大仰じゃな」

「いや、そうじゃねえ。おれも噂に聞いてよ、祝いの一つも持って挨拶にとは思ったが、稼業が稼業だ。金貸しとやくざの二枚看板が尚武館になにをしに参った、その首、斬り落としてくれんなんてよ、門弟衆に脅されても間尺に合わねえや。だから遠慮してたところだ」

「親分、そのような遠慮は無用じゃ。それがしとそなたの仲、いつでも遊びに来られよ」

「いいのかえ、神保小路に面出《つら》してもよ」

「構わぬ」

磐音の返事を聞いた権造親分が、

「昔馴染みはいいもんだな。代貸、嬉しくなっちまったぜ」

と権造が五郎造に満面の笑顔で言い、磐音に向き直った。

「若先生、今日はまた何用だ、この権造によ」

「そなたが金兵衛長屋に仲介の労をとった憑神どのについて、いささか訊きたいことがあってな」

「あっ、いけねえ。あの貧乏神のことを忘れていたぜ」

と叫んだ権造が、

「あいつ、なんぞやらかしたか。若先生がおれに会いに来るとは、やっぱりなにかやったな。おれもいささか危ぶんではいたんだがな」

と頭を抱えた。

「親分、立ち話ではなんだ。渋茶の一杯も馳走してくれぬか」

「もちろんだとも。野郎ども、鳩が豆鉄砲食らったように見てねえで、さっさと若先生を奥に案内《あない》しねえか」

と最後は貫禄をみせつけた。

磐音は久しぶりに権造の長火鉢のある居間で、権造と五郎造に向き合った。神棚には酉《とり》の市で買い求めた大きな熊手と、縁起物の大達磨《おおだるま》が飾られてあった。

「親分、なかなかの繁盛とみえるな。まさか在所の娘を悪所《あくしょ》に売り飛ばすような悪さはしておるまいな」

磐音が釘を刺した。

権造が顔の前で手をひらひらさせて、

「うちは今やまっとうな金貸し稼業でよ、この界隈じゃ仏の権造と呼ばれてるくれえだ。ご時世がご時世だ、地道に稼ぐしか生き残る道はねえぜ」

「驚いたな。やくざと金貸しの二枚看板の親分に、まっとうな金貸し稼業が務まるとはな」

「界隈の評判を聞いてみなって」

と権造が胸を張った。

「その仏の権造親分が、あの憑神幻々斎どのと付き合いがあるのはどういうことか。剣術もなかなかの腕前と推察するが、まさか悪さに役立てようと金兵衛長屋に住まわせたのではあるまいな」

違う違う、と権造が手を大きく振り、五郎造を見た。

「若先生よ、あいつは、ちょいと預かってくれねえかとおれが飲み仲間に頼まれたんだ。仲間も、別のたれかから頼まれたらしいんだがね。陰気で気味が悪いもんで、それでおれに回して、権造親分のもとで用心棒にでも使ってくれと頼まれたんだ。致し方なくて親分に願ったはいいが、この節、わっしらの稼業も、ああ陰気で不気味じゃあ客が寄りつかねえよ。うちの長屋に夫婦して二、三日置いていたんだが、住人から苦情が出てさ。そんなとき、親分がどてらの金兵衛さんにばったりと会ったとかで、おまえ様の後釜《あとがま》に入れ込んだというわけだ」

「そなたらも、あの夫婦をよく知らぬのか」

「仲間が言うには、昔は山陰筋の大名家に仕えていたという話だが、家中で揉めごとを起こしたか、夫婦して脱藩し、江戸に出てきたらしい。江戸に出て、金に窮していると分かっているのは分かっている。そこで親分がさ、剣術の他になんぞ芸がございませんかえ、と勤め口を探そうと尋ねたが、じろりと一瞥されて、終わりよ」

「若先生、あの目はいけねえ。貸し金の取り立ても、今や明るくいかなきゃすぐにお上の手が入る。あの陰気はどうにもならないぜ」

どうやら権造一家も憑神夫婦を持て余したあげく、金兵衛に押し付けたらしい。

磐音は先夜、夜明け前に大川端の水戸様の石揚場で出会ったこと、そして、昨日から出かけたまま長屋に戻らず女房が案じていることを告げた。

「銭に困って危ない橋を渡っているんじゃねえだろうな」

「親分、危ない橋とはなんだな」

「この年の瀬はいつもよりひでえや。在所で食えねえ者が次々に江戸に流れ込んでよ、本所深川近辺に入り込んでる。せっぱ詰まった連中が盗み、かっぱらい、押し込みをやらかしてやがる。まさかあの先生、辻斬《つじぎ》りなんぞしていめえな」

と権造は無責任なことを言った。

「親分、金兵衛長屋に押し付けたのはそなただぞ。なんとか憑神どのの行方を突きとめてくれぬか」

「若先生、この暮れにあの厄病神《やくびょうがみ》を探し歩けってか」

「権造親分、そのような義理はないと言われるか」

「そう居直っちゃいけねえぜ、若先生よ。うちも確かに責任《せめ》がねえとは言えねえ」

権造が懐刀の五郎造を見た。

坂崎様、と昔の名で呼びかけた五郎造が、

「おっと、尚武館に入って佐々木磐音様になられたんだったね。水戸様の石揚場で姿を見たと言われたんで、思い出したことがある。これからちょいと覗いてこようと思うんだが、若先生、付き合っちゃくれませんかえ」

と五郎造が言った。

「ことのついでだ、同道しよう」

「若先生が一肌脱いでくれるとありゃ、なんとも心強いや」

「その代わり、権造親分、かたが付いた暁には、憑神どのの生計《たつき》がなんとか立つよう面倒を見てくれぬか」

「なに、またこっちにあの厄病神を回そうって話か」

「元々は、そなたが金兵衛長屋に押し付けたのが発端じゃぞ」

磐音に睨まれた権造が、

「分かったよ」

とふて腐れた。

「親分、人間というもの、腹が膨れれば人相もおのずと穏やかになる」

「そうあってほしいものだぜ」

という権造の投げやりな返事を聞いて、磐音と五郎造は立ち上がった。

権造一家は富岡八幡宮前の船着場に猪牙舟《ちょき》まで所有していた。

五郎造は最前磐音に応対した千八を船頭に命じ、猪牙舟で堀を東に向かわせ、
三十三間堂を回って水路を北に取った。仙台堀の東端で横切り、横川に入ると、
小名木川《おなぎ》を突っ切り、南辻橋で竪川へと折れた。

師走の陽は大きく傾いて薄暮の刻がそこに迫っていた。

富岡八幡宮から水戸家の石揚場に向かうにはいささか遠回りだが、この時節、
この水路伝いに行けば、大川に吹き付ける筑波颪《つくばおろし》を避けて楽に行けた。

さすがは深川に縄張りを持つ権造一家の代貸だ。本所深川の水利と土地を知り尽くしていた。

「佐々木様、親分がこの年の瀬はいつにもましてひでえと言ったが、あれは大袈《おおげ》

裟《さ》じゃございません。佐々木様がうちに手を貸してくれていた数年前より何倍もひでえ。憑神様の女房だがね、ひょっとしたらたちの悪い病にかかっているんじゃございませんか」

磐音が五郎造を見た。

「いえ、わっしも金兵衛さんの長屋に放り込んで気付いたことだ、咳《せき》が気になる。憑神様は女房の病を治療する金子を求めて、荒稼ぎの仕事を探しているんじゃございませんかね」

「代貸、なんぞ心あたりがありそうな口ぶりじゃな」

「なんともけったいな話なんでね、わっしも半信半疑でさ。まずちょいと、わっしが探りを入れてみます」

猪牙舟は磐音にとって馴染みの土地を、ゆっくりと三ッ目之橋から二ッ目之橋を潜り、六間堀との合流部を通り過ぎようとした。すると河岸《かし》道《みち》から声がかかった。

「浪人さんに戻ったのかい。権造親分のところの連中と一緒にいたりしてさ」

と使いの帰りか、深川鰻処《うなぎどころ》宮戸《みやと》川《がわ》の小僧の幸吉《こうきち》が手を振っていた。

「いささかわけがあってのことだ。この一件、おこんは承知だが、たれか尚武館に使いを立てて、今宵は戻れぬやもしれぬと知らせてくれぬか」

「分かった。親方と相談して許しが出たらさ、私が神保小路まで行きますよ」

「鉄五郎《てつごろう》親方には、師走の忙しいときにすまぬと伝えてくれ」

猪牙舟は幸吉と別れ、一ッ目之橋を潜ったところでぐいっと左に折れ、大川と並行して水戸様の石揚場の東を走る水路に乗り入れた。

「若先生、ここはわっしに任せてくれませんか。聞き込みだけだ」

五郎造が腰に差した長脇差と矢立てを外して舟に残すと、石揚場の船着場に飛んだ。懐には匕首《あいくち》を隠し持っているなと磐音は見た。

磐音と千八は猪牙舟で一刻近くも待った。

夜が更けて寒さが段々と募ってきた。

「若先生、おまえ様は微動もしねえが、寒くねえのか」

と千八が猪牙舟の艫《とも》で足踏みしながら磐音に訊いた。

「心頭滅却すれば火も自ずから涼し、と言われたのは甲斐《かい》の恵林寺《えりんじ》の快川和尚《かいせんおしよう》様じゃが、なかなかその境地には達せぬな。寒いものはやはり寒い」

「少しばかり安心したぜ。涼しい顔をしているからよ、寒くないのかと思ったぜ」

と千八が言ったとき、五郎造が戻ってきた。その手には貧乏徳利が下げられ、風呂敷包みから食べ物の匂いがしてきた。

「代貸、酒と食い物か。ありがてえ」

「馬鹿野郎、おめえはまず仕事しねえ」

と五郎造に怒鳴られた千八が、へえっ、と答えて舫《もや》い綱を外した。

「代貸、どっちに向けます」

「大川に出て、吾妻《あづま》橋の下を潜りねえ。その先は、行ってからだ」

と五郎造が命じ、猪牙舟は水路から向きを変えて竪川と大川の合流部に向かった。

五郎造はまず磐音に茶碗を持たせ、

「お待たせしましたね。わっしはそんな話、この世にあるわけねえと思っていたんだが、あるんだね、これが」

と未だ得心がいかないのか、自分に言い聞かせるように言うと、酒を注ぎ、自らの茶碗を満たして、

「まずは一杯」

とくいっと飲んだ。

磬音も寒さを忘れようと半分ほど飲んだ。冷え切った体が酒のせいでじんわりと温かくなってきた。

「憑神幻々斎の旦那は、博奕《ばくち》の駒札《こまふだ》に志願なされたのでございますよ」

五郎造は意味不明なことを言った。

「賭場《とば》におられると言われるか」

「それもただの丁半博奕や花札じゃねえ」

やくざ一家の代貸五郎造が真顔で答えた。

「まあ、嘘《うそ》かほんとか、潜り込んでの楽しみということにいたしましょうか」

と五郎造は、それ以上の説明をしなかった。

「それより大事なことは腹ごしらえだ」

茶碗酒を注ぎ足した五郎造は、風呂敷包みを解《ほど》いた。どこで誂《あつら》えてきたものか、二段のお重に煮しめや田楽、それに塩結びがびっしりと並んでいた。

五郎造は夜明しになると考え、食べ物を用意したようだ。

猪牙舟は大川の左岸を、御厩《おうまや》河岸ノ渡しを横切り、竹町ノ渡しを過ぎて吾妻橋を潜った。

対岸に、浅草寺《せんそうじ》と吉原の灯りがうすぼんやりと夜空を焦がしているのが磬音の目に映じた。

川面を渡る冷たい北風が、舟の上の三人に容赦なく襲いかかった。

「千八、源森川《げんもり》に猪牙を入れねえ」

「助かった」

と千八が、北風をまともに受ける隅田川から源森川に舟を入れてほっと安堵の様子を見せた。

五郎造は水戸中納言家の広大な抱え屋敷の南端で舟を止めさせた。

「もうしばらく待つことになりますがね、寝るには寒すぎらあ。まあ、ここはじっと我慢するしかございません」

と五郎造が磐音に言いかけ、茶碗に残った酒を飲み干すと、

「千八、おめえも飯を食っておけ」

「代貸、おこぼれを頂戴してえ。この寒さにゃ、酒が一番だ」

「仕方ねえ、茶碗二杯までだぜ」

と限って許しを与えた。

四

隅田川左岸の小梅村にある御三家水戸藩の抱え屋敷は、西端を隅田川に、南側を源森川に面し、残りの二方もまた荷船がすれ違う幅の水路が取り巻いていた。ために舟で抱え屋敷をぐるりと回ろうと思えば回れた。

水路を挟んで東と北側は、常泉寺《じょうせんじ》と寺中《じちゅう》の寺に接していた。慶長《けいちょう》元年（一五九六）に法華宗の寺として創建されたが、六代将軍家宣の正室となった後水尾院《ごみずのおいん》孫女の天英院に供奉《ぐぶ》して江戸入りした日顕《にっけん》が七世住持になったことで徳川家の加護を受けるようになり、寺地と西葛西《にしかさい》領小谷野村内に朱印三十石を頂戴していた。

そのような縁で家宣の子女の墓もある。

夜半過ぎ、小舟に乗った武家らが水戸藩抱え屋敷の水路へと次々に入っていった。

賭場の客か。

「代貸、そろそろ種明かししてもよかろう」

と磐音が五郎造に迫った。

「へえ。世の中には犬同士を闘わせて喜ぶ輩《やから》がおりますね。その他にも蟋蟀《こおろぎ》、鶏、牛合わせと、あれこれ喧嘩させる。この水戸様の抱え屋敷の裏の常泉寺寺中の本《ほん》惣坊《そうぼう》は先年、なんぞ住職が破戒を行ったとかで、常泉寺から追い出され、坊は破れ寺になっておりましてね。たれが考え出したか知らないが、水戸家抱え屋敷と接した本惣坊の間に地下をくりぬき、ここを大きな闇の賭場に変えたそうです。ここで闘剣士と呼ぶ人間同士を戦わせて、勝ち負けに客が大金を賭《か》けるそうな」

「なんと言われたな」

さすがの磐音も驚いた。

「憑神幻々斎どのはその闘剣士に志願なされたか」

「どうやらそのようで。三人勝ち抜くと五十両、五人勝ち抜いて生き残ると、さらに二百両を手にすることができるそうですぜ」

「胴元はたれじゃ」

「水戸家の身分の高いお武家ということは分かってますが、正体までは摑めていませんので。この者の手には、一晩で莫大《ばくだい》な寺銭《てらせん》が入るそうです」

なんともふざけた話であった。

「闘剣士の戦いには審判がおられるのか」

「いえ、客が審判なんだそうで。負けた者は大半が、瀕死《ひんし》で戦いの場から下げられるそうです」

「五郎造どの、そのような賭けごとに剣術を使うことは許されぬ」

「戦いがなくなって百何十年も過ぎ、武家の腰には飾り刀しかねえご時世だ。それだけに、血に飢えているとは考えられませんか」

「武芸を、そのような賭けの対象や見世物にしてはならぬ」

磐音は重ねて吐き捨て、しばし考えに落ちた。

「五郎造どの、矢立てを借りたい」

「町方に知らせたって、水戸家と常泉寺の威光には敵《かな》いませんぜ」

「養父上にお知らせするだけじゃ」

仔細を告げれば玲圓が始末を考えようと磐音は思った。

「わっしらは、憑神の旦那の様子を見に来ただけだ。好きにしなせえ」

磐音は月明かりを頼りに、玲圓に宛て、死を賭《と》した戦いを博奕にする輩がいることを認《したた》め、五郎造に、

「千八どのをお借りしてよいか」

と神保小路まで急いでもらうことにした。

「神保小路の尚武館道場には白山という番犬がおるゆえ、そなたが門を叩けば、犬が気付き、門番の季助どのがすぐ起きてこよう」

と告げると書状を託し、使い賃一分を握らせた。

「間違いなく尚武館に届けるぜ」

と千八が張り切った。

磐音は袴《はかま》と羽織を脱ぎ、着流しになった。手拭いを吉原被りにして面体を隠した。

磐音と五郎造は千八の舟を見送り、水戸家の抱え屋敷裏へと徒歩で向かった。

破れ寺の本惣坊の門前の闇には見張りの影があった。

「水戸様出入りの口入屋、能登屋《のとや》の連中です」

と五郎造が囁き、ここはわっしにお任せくだせえと言うと、磐音をその場に残して見張りに歩み寄り、何事か話し合っていたが、振り向くと磐音を手招きした。

「五郎造さん、門を潜ったからには覚悟してもらうぜ」

と見張りが、磐音にとも五郎造にともつかず言った。

五郎造は磐音を、闘剣士志願の者として賭場に入れようとしたのか。

石畳の左右から、何年も手入れがされていない庭木や枯れ薄《すすき》が差しかけ、本堂すら覆い隠さんばかりだった。土足のまま本堂に上がった。すると板張りの本堂の床下から、異様な熱気と興奮が伝わってきた。

地下の闘技場に大勢の人がいて、どうやら戦いが行われているらしい。

破れ寺になる前、阿弥陀仏《あみだぶつ》が安置されていたらしい檀座《だんざ》の背後に回り込むと、大きな柱のかたわらに階段があって、そこから、

「わあっ！」

という歓声が這い上ってきた。

五郎造が身震いを一つして階段に足をかけた。磐音も続く。

元々本惣坊の仏壇下には地下があったのか、そこを水戸家の敷地下へと拡げる普請をしたのであろうか。

磐音と五郎造が階段と通路をうねうねと伝い、入った先には、驚くべき光景が展開されていた。

地中の闘技場は一辺十数間四方か。階段上の桟敷《さじき》席に百数十人の客がいて戦いが終わった様子の無人の闘技場をよそに賭け金の受け渡しに夢中になっていた。

巨大な賭場の真ん中、六間の円形の戦いの場には、未だ生々しい血と死の匂い

が漂っていた。

五郎造と磐音は立ち見席に立って、巨大な賭場を眺め下ろした。

円形の闘技場に接して頭巾で面体を隠した武家が三人、なんと僧侶姿の者が二人いて、この五人がどうやら勧進元、胴元のようであった。五人の中央、大きな脇息《きょうそく》に凭《もた》れかかるように座す武家が、闇の戦いの場の主導者か。

円形の闘技場に接した階段上の桟敷席の前には幅一尺の通路がぐるりと走っていて、黒半纏を着た若い衆との間で賭け金のやりとりが行われていた。

篝火《かがりび》が灯された円形の闘技場の東西に二つの扉があったが、それはきっちりと閉じられていた。二つの出入口とは別にもう一つ大きめの扉があり、畚《もっこ》を担いだ小者が三組姿を見せ、荒れた戦いの場に砂をかけて流れた血を覆い隠した。

どんどんどん
と太鼓の音が響き、場内が一瞬静寂に落ちた。

「本日、七番目の勝負、赤三人勝ち抜き上杉《うえすぎ》流長巻山鹿《ながまきやまが》一郎《いちろ》平《べい》、白三人勝ち抜き神無刀流憑神幻々斎！」

と対戦相手が発表され、客たちが勝ち負けの予測を書いた入れ札を若い衆に渡す間、またざわついた。

再び太鼓が鳴らされ、異様な緊迫の漂う沈黙が支配した。打ち鳴らされる太鼓の音がだんだん早くなると同時に弱くなっていった。そして、最後に、
どーん！

と大きな音が響き渡ると、地中の、死を賭けた闘技場に張りつめた緊張が流れた。

ぎいっ
と音を立てて東西の扉が開かれ、赤鉢巻の山鹿一郎平が長巻を手に姿を見せた。

長巻は薙刀《なぎなた》に比べて柄《つか》が短くせいぜい三尺程度、反《そ》りの強い刀身もまた三尺ほどの武器で、元々騎馬武者に付き添う小人《こびと》・中間《ちゅうげん》の使う道具だった。

山鹿は六尺余の巨漢で、出てくると長巻をぐるぐると頭上に回して緊張を解《ほぐ》した。

白の憑神幻々斎がゆらりと姿を見せた。

磐音が憑神を見るのは三度目だが、今宵の憑神はさらに幽鬼然として、白鉢巻はすでに対戦した相手の血に塗《まみ》れていた。

両者は一間半の間合いで睨み合った。

山鹿は小脇に長巻を抱え、憑神は刃渡り二尺四寸余の刀を自らの体の右前に流

すように持って対峙した。睨み合う両者に、

「赤、白の素っ首撫で斬れ！」

とか、

「白、一気に赤の息の根を止めよ！」

などという声援が飛んだ。だが、大半の客は固唾《かたず》を呑《の》んで戦いを見守っていた。

戦いは、山鹿が小脇から長巻を伸ばし柄に片手をかけて憑神に襲いかかろうとした瞬間、そろりと立っていた憑神が旋風《つむじかぜ》のように踏み込んで間合いを縮め、動揺した山鹿の隙《すき》を衝いて喉元を撫で斬り、決着がついた。

一瞬の勝負だった。

山鹿の巨体が崩れるように転がり、闘技場が沸いた。

磐音は吐き気を堪《こら》えて憑神の相手を見ていた。四人を斃《たお》した憑神は、次の相手に勝利すれば二百五十両の褒賞を手に戦いの場を出ることができた。

磐音は憑神の痩身《そうしん》に溜まった疲労困憊《こんぱい》を見ていた。ために一撃に勝敗をかけたのであろう。

蹌踉《そうろう》として憑神が下がり、斃された山鹿の亡骸《なきがら》も下げられた。

その後、数組の対戦が続き、中にはなぶり殺しのような戦いもあった。

磐音は、不快を堪えて待った。どのような決着が起こりうるか、磐音には予測もつかなかった。いや、人間同士を戦わせ、その勝敗生死を賭ける行為を、そして、人の死を前提に金子を賭ける人間の飽くなき欲望を考えたくもなかった。

ただ磐音は愚かな行為を見続けていた。

どれほどの時が流れたか。

再び磐音の前に憑神が姿を見せた。内儀の病を治すために自らの命を張ったか、五人目の相手を斃せば大金が手に入るのだ。

五番目の相手は身丈五尺六寸余ながら、鍛え上げられた体付きの持ち主であった。

直心正継《じきしんしょうけい》流永沼三郎兵衛《ながぬまさぶろべえ》もまたこれまでに四人を勝ち抜き、戦いに王手をかけていた。

「若先生、赤の永沼の勝ちに賭けた客が大半だぜ」

憑神幻々斎には明らかに疲れが見えていたからだ。そのことが客をして永沼に勝ちを予測させたのであろう。

両者は相正眼で睨み合った。

不動の対峙に憑神の肩が上下して、息が弾むのが見物人にも分かった。

「白、てめえに大金賭けたんだ。ちったあ、見せ場くらいつくれよ！」

というやけっぱちの声援とも罵《のの》り声《し》ともつかない客の声が響いた直後、永沼三郎兵衛がぐいっと踏み込んだ。

その瞬間、憑神が下がった。

磐音には、すでに憑神が最前までの戦いに気力のすべてを使い果たしていることが見てとれた。

永沼がさらに前進した。憑神が下がる。

「てめえ、それじゃあ、勝負にならねえよ！」

怒声が飛んだ。

勝ちを信じた永沼がさらに隙のない正眼の構えのままに踏み込み、憑神がだだっと下がって間合いを取ろうとした。だが、直線に下がったために背に闘技場の板壁を負った。

「あぁっ」

という悲鳴が憑神の口から洩れた。

磐音は絶望の叫びを聞きながら、磐音らとは反対側の立ち見席に頭巾で面体を隠した二人の武家がいるのを目に留めた。

永沼が下がった。

元の場所まで戻り、憑神に機会を与えた。

「おらおら、どうした、痩せ侍め」

蔑《さげす》みの声が飛んだとき、憑神が思いがけない行動を取った。刀を投げ捨て、その場に土下座すると、

「それがしには病の女房がおり申す。命ばかりはお助けくだされ。このとおり、お願い申す」

と額を砂に擦《こす》り付けた。

予測もつかない展開に、見物席から怒声、罵り声が飛び、地中の闘技場は混乱に陥った。

勧進元の五人がひそひそと相談をした。そして、脇息にもたれた武家が扇子《せんす》を上げ、永沼を差した。

「なぶり殺しにせえ」

非情な命に永沼がしばし考えた後、言い出した。

「それがし、戦う意思を失くした臆病者を殺す技は持ち合わせておりませぬ」

「ならばそなたの勝ちもないぞ」

と脇息の武家が宣告した。

永沼三郎兵衛が一座を見回し、

「たれぞ、この者に代わる者がおられるなれば、それがし立ち合う。それに勝ちを得れば、それがし、約定《やくじょう》どおりの五人抜きの勝者にござろう。いかがにござるかな」

と宣告した。

客席が沸いた。

その意は、永沼の提案を受け入れるものであることは確かであった。

「たれぞ、臆病風に吹かれた者を助ける者はいるか」

と脇息の武家が闘技場の客席を見回した。

だれも応えない。賭場の客として来た者ばかりだ。闘技場に下りて戦う勇気と技を持ち合わせる者などいそうにない。となれば憑神幻々斎の命も絶えることになる。

「おらぬか」

と脇息の武家の扇子が非情の命を告げようとした。

そのとき、磬音がそろりと動いた。

「それがしが憑神どのの代役を務めようか」

「わあっ！」

と闘技場が沸き、着流しに吉原被りの磐音が見物席の間の階段を下りながら、

「この番外勝負、賭けから外してもらおう。また、永沼どのが勝とうがそれがしが勝利を得ようが、双方になんのお咎めなしのこと、さらにはそれがしが勝利したときは、憑神どのの身、引き取る。この件、いかがか」

と脇息の武家を睨んだ。

しばし答えを迷った人物が、

「よ、よかろう」

と答えるのを聞いた磐音は、客席から闘技場にひらりと飛んだ。

憑神は放心の体で砂場に座していた。

一瞥した磐音は、永沼三郎兵衛に向かい、

「姓名の儀、お許し願いたい」

と許しを乞うた。

「承知つかまつった」

永沼と磐音は相正眼で対決した。

互いに堂々とした構えであったが、永沼のそれは剛、磬音の正眼は、「春先の縁側で日向ぼっこをする年寄り猫」の風情を見せて柔と、対照的であった。

永沼の顔が紅潮した。

間合いは最初から一間を切っていた。

「ふうっ」

と息を吸った永沼が怒濤《どとう》の踏み込みを見せ、正眼の剣を磬音の肩口に落としてきた。磬音の包平が弾くと、永沼の剣は玄妙に変化して磬音の胴を襲った。それもまた弾いた。

永沼の攻めが険しくも激しく数合続いた。どこにも隙のない連鎖攻撃であった。

磬音は悉《ことごと》く弾き返し、間合いを外して躱《かわ》した。すると永沼が半歩飛び下がり、新たに間合いを作った。

その瞬間、磬音が攻めに転じた。

永沼が受けに回った。

見物席が沸いた。

磬音は最前永沼が見せた攻めを寸分の狂いなく繰り返し、永沼を後退させていった。

後退の間にも態勢を立て直した永沼が攻めの機を必死で探った。

磐音が隙を作った。

それに乗じた永沼が出てくるところを、包平が永沼の刀身を擦り合わせるようにすると、永沼の手からなんと剣が飛んでいた。

「あっ」

と驚く永沼の額に包平の刃が止まり、永沼が、
がくん
と膝を闘技場に突いた。


四半刻後、源森川から一艘《いっそう》の猪牙舟が朝靄《あさもや》の中に溶け込んで消えていった。

茫然自失《ぼうぜんじしつ》した憑神幻々斎と五郎造を乗せた猪牙舟で、船頭は千八だ。それを見送る磐音の背に、

「ご苦労であったな」

と玲圓の優しい声がして磐音が振り向くと、養父のかたわらに頭巾の下で苦虫を嚙み潰した速水左近が立っていた。

「本所とは申せ、江戸の一角で不届き千万の賭場が開かれていようとは、玲圓どのに説明を受け、そなたの文を見せられても信じ難かった。じゃが、真であったとは」

「武士を武士とも思わぬ所業、人間の命を軽んじる行いに、御三家水戸様と家宣様ゆかりの寺中が関わっておるとは、腹立たしいかぎりじゃ」

玲圓も吐き捨てた。

「磐音どの、上様に面談申し上げ、その後、大目付《おおめつけ》寺社方に極秘の探索を命ずることになろう。一両日内にこの決着、つけずにおくものか」

と速水左近が珍しく怒りを呑んだ口調で言い切った。

三人の前にすうっと屋根船が近づいてきて、

「玲圓どの、磐音どの、戻ろうか」

と言う速水の言葉は、いつもの穏やかな調子に戻っていた。

三人が乗り込み、源森川から隅田川へと向かう屋根船が朝の光に浮かび上がった。

第四章　桂浜の宴

一

大晦日の尚武館道場で磐音の独り稽古が熱を帯びて、門弟らに、

「凄味《すごみ》」

を感じさせ、だれもが寄り付けないほどの迫力に満ちたものだった。それはふだん、

「春先の縁側で日向ぼっこをしている年寄り猫」

と評される春風駘蕩《しゅんぷうたいとう》の磐音の剣風とはまるで異なるものだった。

「おい、若先生になにがあったのだ」

「おこん様と夫婦喧嘩をしたのではないか」

などと若い門弟らが噂をし合った。

独り稽古が終わったとき、磬音の顔から憑《つ》きものでも落ちたような、いつもの長閑《のどか》な表情に戻っていた。

磬音は憑神幻々斎を助け出すためとはいえ、生死を賭けた場に自ら参加して永沼三郎兵衛と戦ったことを悔いていた。

未明、表猿楽町に将軍家治の御側御《おそばご》用取次《ようとりつぎ》速水左近を送り届けた磬音は、玲圓と二人だけになった。その帰路、

「養父上《ちちうえ》、人間の命を賭した見世物に、面体を隠した姿とはいえ出場したそれがしが、尚武館の指導者たりえましょうか。こたびの一件、いかなる御処置をもお受けする所存にございます」

と願った。

その言葉を聞いた玲圓はしばし沈黙したまま磬音と肩を並べて、歩を進めていたが、

「磬音、剣術家もまた混沌《こんとん》清濁の海に生きる一人にすぎぬ。道を極めんとしていかに己を孤高に保とうと、無垢を通すことは叶《かな》うまい。徳川幕府が始まって百七十有余年、武士が武士として生き抜くことは難しく、剣もまた見世物の道具と化

してなんら不思議はない。そなたは望んであの戦いの場に立ったわけではあるまい。相手の永沼三郎兵衛どのも一角《ひとかど》の武芸者、世が世であれば槍一筋、剣一筋に一家を立てられる腕の持ち主であろう。永沼どのがなぜあのような場に立たれたか、そなたと違うて知らぬ。あの試合、あのような地中の賭場でさえなければ、後世に伝えられるべき緊迫の戦いであった」

「はい」

「そなたが尚武館の体面を汚したと自らを責める要はない。憑神某《なにがし》を助けんとしたそなたの行い、速水様にけじめをつけてもらおうではないか」

「それで宜しいので」

「忘れよ」

「はい」

磐音は素直に返答したが、胸の中《うち》にわだかまる鬱々《うつうつ》とした不快感は、玲圓の言葉をもってしても拭い去ることはできなかった。

二人が戻ったとき、すでに稽古は始まっていた。

磐音は母屋の湯殿で何杯も清水を被って身を清めると、おこんが仕度した下帯と稽古着に身を包んで愛刀の包平《かねひら》を手に道場に出た。

道場の端から神棚に拝礼した磐音は包平を木刀に替えて、門弟衆が目を剝くような独り稽古に没入した。

その姿を玲圓も目に留めたが、後継の行動をただ頷いて見守っていた。

体じゅうから汗を絞り出し、表情が一変した磐音に玲圓が、

「磐音、年納めの稽古をいたさぬか」

と誘った。

「ご指導いただけますか」

頷いた玲圓が、見所《けんぞ》の刀架に置いた剣を取りに行った。それを見た磐音も包平を手にした。

佐々木玲圓と磐音父子が、直心影流極意の法定四本之形を真剣で行おうというのだ。

門弟らは稽古を中断すると左右の壁に引き下がった。

玲圓は、神前に向かい、右に位置した。有功、上位の者が占める打太刀《うちだち》の位置だ。それに対して磐音は神前に向かって左、初心、下位の者が務める仕太刀《しだち》の位置で、師である養父に相対した。

直心影流座付《ざつけ》の、対峙した二人は、つま先立ちで深く腰を落とし、両膝《りょうひざ》を開い

て上体を正した姿勢で見合うと、弓手見《ゆんでみ》、股立《ももだち》、八文字《はちもんじ》、と形を始める前の挨拶を終えた。他流でいう蹲踞《そんきょ》だ。

極意伝開書に曰く。

「一円相《いちえんそう》を以《もっ》て形の始めとす」

直心影流の形の真髄は、対戦者と斬り結び、倒す形にあるのではなく、心を形に表現したものであり、

「己の心を斬り、悟りを開いて妄念を払う形から行う、それが一円相の形だ。

玲圓が真剣での法定四本之形を稽古しようと誘ったとき、磐音は即座に悟っていた。

常泉寺寺中破れ寺の地下の闘技場で戦いに出たことを悔やむ磐音の心を察して、玲圓が直心影流の極意の稽古を命じたのだ。

一円相は宇宙の理《ことわり》を表現したものだ。

円に始めなく終わりもない。

直心影流では、

「天地万物同根一空、花は紅柳は緑、夜あらば昼、陰あらば陽あり。生あるもの

は必ず滅し、型あるものは必ず無に帰す。人は死して土に還る。しかして土から芽が生じて花が咲き、実を結ぶ」

と教える。

直心影流の免許状には、大きな円が一つある。

玲圓と磐音は、無念無想で一円相から翳《かざ》す、霞《かす》む、乳取《ちど》り、諸腕《もろうで》を打つ、円連をゆるやかに教え、教えられた。

見る門弟衆は、時の流れを忘れて、真剣での極意伝開を見入った。

磐音は清々《すがすが》しい気持ちで玲圓の指導を受け終わると、師の配慮に感謝して一礼した。

ふうっ

という息が場内から洩れた。

見所に戻った玲圓を老門弟が迎え、

「大晦日、屋敷に居かねて尚武館に来たところ、思いがけず得難き奥義《おうぎ》を見せてもろうた。玲圓どの、爽やかな気持ちで新珠《あらたま》の年を迎えることができ申す」

と感謝された。

「ご老人、昨夜《ゆうべ》は倅と夜っぴいて遊び呆《ほう》けましてな。それで共に、体から一年の毒を汗と一緒に流したまでにございます」

「なにっ、玲圓先生、磐音どのと連れだって吉原にでも登楼なされたか」

「まあ、そのようなところにございますか」

「呆れた。玲圓どのはもはや枯淡の域に達したかと思うておったが、なんのなんの、未だ盛んにござるか」

「ご老人、人というもの、男も女も死ぬまで欲気がございます。欲気をなくせば艶《つや》がなくなる。剣にも艶は要り申す」

「驚いたわ、玲圓先生からかような言葉が聞かれようとはな」

と先代以来の古い門弟が嘆息して、聞いていた周りの門弟衆が笑った。

磐音のかたわらに田丸輝信が姿を見せた。

「若先生、本日の朝稽古が終わった後、われら、住み込み門弟、各自の屋敷に帰らせていただきます」

毎年、大晦日は住み込み門弟らも親元に戻り、一夜を過ごす。だが、尚武館に残る門弟もいないわけではなかったが、今年は格別に田丸らが、

「おい、おこん様が尚武館に嫁いでこられて初めての年の瀬じゃぞ。われら、住み込み門弟も屋敷に戻り、佐々木家水入らずの年越しと三が日をしていただこう

ではないか」

と言い出し、衆議一決したのだ。

「そなたら、あれこれと気を遣うてくれたようだな」

「年の瀬、おこん様は深川の親父様の風邪見舞いで、若先生と過ごす時間もございませんでしたからね」

「そなたらも、数夜じゃが父母のもとで甘えて参られよ」

「若先生、われら、部屋住みの身、甘えるどころではありませんよ」

「ならば尚武館の長屋で大晦日の鐘を聞かれるか」

「それも寂しい」

と答えたところに、笑みを浮かべた顔の霧子が手に書状を持って姿を見せ、

「若先生、土佐の利次郎さんから書状が届きました」

と言うと恭《うやうや》しく差し出した。

「利次郎どのから年の内に文が届いたとは喜ばしい」

磐音は見所を振り返った。

玲圓らの姿は消えて、母屋に移動した様子だ。

「養父上にお断りしておらぬが、そなたらの顔を見たら、あとでと答えるわけに

はいかぬな。ここで開封しようか」

　と磐音は道場の床に座した。すると霧子や田丸ら、利次郎と同年輩の門弟衆がぐるりと磐音を取り巻いた。

　磐音は神棚に向かって利次郎の書状を捧げると、ゆっくりと封を披《ひら》いた。

「読みますぞ」

「お願い申します」

　と霧子が応じた。

「遠く土佐の地より一筆認《したた》め参らせ候。それがし父百太郎の供で無事に高知城下に安着致し候ゆえ、大先生、若先生を始め、門弟ご一統衆ご安心下されたく候。土佐の気風、何事にも豪儀豪快にして、酒を飲むにも大ぶりの酒器で悠然と飲み続けられ、いささか酒好きを自負してきたそれがしなど高知にあっては酒飲みの中にも加えて貰えず、鯨飲《げいいん》見倣うべしと覚悟を決めしところに御座候」

「利次郎め、なにをしに高知に行ったのだ」

　と田丸が呟き、霧子に睨まれた。

「高知城下は江戸に比するといささか小そうございますが、正月も近いと申すには強い光に溢《あふ》れ、整然とした街並みに御座候。さて、二日目、従兄弟に誘われ、山内家藩道場教授館に参りし処、この日の指導は真心影流美濃部与三郎先生と、大先生に添え状を頂いた一刀流麻田勘次先生にて、早速当方の力を見るためか、五人の門弟衆の相手を命ぜられ、思いがけなくもそれがし五人抜きを致し候。これ偏《ひとえ》に尚武館の大先生、若先生を始め門弟衆の御指導の賜物《たまもの》と存じ、感謝の言葉もなく候」

一同から歓声が沸いた。

「なんだ、利次郎め、旅に出たら急に畏まっておるではないか。急に別の人間から文を貰うたようだぞ」

田丸輝信が文句をつけた。

「旅が利次郎さんを大人にしたのですよ。江戸に戻っても田丸様なんか相手にしてくれませんよ」

「うるさいぞ、辰之助」

若い神原辰之助に茶化された田丸が一喝し、

「田丸どの、よいのか、先を読んで」

と磐音に促された。

「これは失礼をいたしました」

磐音は田丸に頷き返すと、

「さて父百太郎はなんぞ御用を秘めての国許入りの様子にて、高知到着の翌日より城中に上がり、なかなか下城致さぬゆえ、それがし小者と二人追手門まで迎えに出でし処、父が疲労困憊の体《てい》にて風呂敷包みを提げ門を出て来られし時、すでに南国の夜も更けおり候。提灯を灯し分家の屋敷に戻ろうとせん時、面体を隠した六、七人の面々が、父よりそれがしが預かりし風呂敷包みを奪わんと、白刃を翳して襲いかかり候」

なんということが、と磐音は思わず胸の中《うち》で呟いた。

近習目付重富百太郎の国許入りは、不正の探索の命を帯びてのことであったか。

「利次郎さん、大丈夫でございましょうか」

と霧子が利次郎の身を案じた。

磐音はどこか高揚した文面に視線を戻した。

「それがし、江戸を出る前、父より貸与された堀川国広を抜きながら、若先生の教え、剣を抜く時は細心にして大胆迅速の言葉を胸に言い聞かせ、また父の命を守りたい一心にて、斬りかかる相手を三人斬り伏せ、それぞれ胴、手首、二の腕に怪我《けが》を負わせ候段、必死の所業に御座候」

「おおっ」

という驚きの声が利次郎の同輩の門弟らから起こった。

「むろん余裕なく、ただ父を守りたい一心にての無心の奮戦言《げん》を俟《ま》たず。折りよく城中から姿を見せられし小監察が声をかけられ、不逞の面々は怪我人を抱えて逃走致し候段、それがしただ茫然と見送るのみ。情けなき仕儀に御座候。父と小監察は職務も近く、その足で町奉行所に同道致し候。父と小監察、町奉行の御三方がこの騒ぎについて話し合われる間、それがし、供待ち部屋にて筆硯を借り受け、かように書状を認め候。

若先生、それがし一命を賭して父の御用を助勢する覚悟に御座候。それにしても尚武館の修錬の日々が微力ながらお役に立つことを、大先生、若先生、師範方に感謝しつつ、高知よりの第一信を発し候。重富利次郎」

磐音が本文を読み終わると田丸が、

「驚いた。あのでぶ軍鶏《しゃも》が高知で大暴れしておるぞ」

「おかしゅうございますか」

と霧子が反論するように言った。

「やはり江戸を出る前、若先生に真剣のこつを伝授されたのがよかったのかな」

曽我《そが》慶一郎《けいいちろう》が呟いた。

「真剣での稽古をつけてもろうたことが、間違いなくあいつを変えたようだ」

と住み込み門弟に混じって利次郎の文を聞いていた宮川藤四郎《みやがわとうしろう》が言い切った。

「いや、宮川どの、それは一助に過ぎぬ。利次郎どのが父御との道中で御用を帯びた国許入りに気付かれ、下城なされる父御を迎えに出られる気配りが、利次郎どのに果敢な勇気を授けたのでござろう。なんにしても利次郎どのは、旅に出て成長なされた」

と磐音が得心したように言った。

「松平辰平といい、重富利次郎といい、旅に出てからわれらとは違うた人物に変わりおって、なんだか心が淋《さび》しいわ」

と田丸輝信が呟いた。

磐音は書状を巻き戻すと、

「霧子、養父上にお届けしてくれぬか」

と霧子に渡した。

「霧子、母屋で養父上に文を見せてもらうがよい」

「若先生に宛てられた利次郎さんの書状を読んで宜しいのですか」

「養父上もそなたにお渡しになろう」

磐音は霧子にだけ囁くと母屋に行かせた。

四半刻後、ふだん着に着替えた磐音が母屋に行くと、霧子が利次郎からの文を読んでいた。

古い門弟らは辞去した様子で、玲圓と磐音の膳がおこんと早苗によって運ばれてきたところだった。

「養父上、徹宵して朝稽古ではお疲れなのではございませんか」

とおこんに言われた玲圓が、

「おこんの亭主どののように汗を流したわけではないが、徹宵も様々、あのような場はいささか疲れるのう」

と正直に答え、磐音に向かって、

「重富百太郎どのは、御用を帯びて国許の内偵に入られたようじゃな」

と言った。

「まさか利次郎どのも、かような展開になるなど考えもしなかったのでしょう」

と磐音が苦笑いし、おこんが、

「利次郎さんは、婿入り先をあてにしての高知行きです、などと呑気なことを言われておりましたが、そうではなかったのですね」

と話に加わった。

「驚きました。わいわいがやがやと尚武館で率先してやんちゃをされていた利次郎さんが、このようなお働きをなさるとは」

「おこん、百太郎様は、利次郎どのを密かに頼りにして同行なされたのではないかな」

霧子が文から視線を上げ、文を巻き戻し始めた。

「霧子、利次郎どのの気持ち、届いたか」

「はっ、はい」

霧子は高知に旅する利次郎に、道中安全の祈願をなした湯島天神のお札を貰い受けて贈っていた。その行為に対して利次郎が文の最後で、

「若先生、霧子に重富利次郎至って堅固ゆえご安心頂きたい、また道中安全のお札大いに役に立ち候とお言伝下されたくお願い申し上げ候」

と書き添えてあった。

霧子は短い利次郎の追記を何度も読み返したらしく、顔が紅潮しているように

も見受けられた。

「磐音、旅とは不思議なものじゃな。頼りなげに思うた雛鳥《ひなどり》を逞《たくま》しくも成長させてくれるわ」

「辰平どの、利次郎どの、よき身内に恵まれましたな」

と答える磐音の頭には、部屋住みの暮らしに甘んじなければならない次男、三男の田丸輝信らの処遇があった。

（なんとか暮らしを立てる方策はないものか）

磐音の心配は尽きなかった。

「ささっ、朝餉が冷めます。養父上、磐音様、箸《はし》をお取りください」

とおこんに促されて、父子は朝、昼兼用の膳に向かった。

二

高知城下、東西掘割が外掘割で交差する界隈、東西南北の四つの運河が集まり、四つの橋が架かるゆえに四つ橋と呼ばれる。この付近は、水運を利用した物流の拠点で、大小の船が一日中繁く往来し、藩の御米蔵やら幡多《はた》蔵《ぐら》（人足長屋）などが並んでいた。

大晦日の昼下がり、舟運は動きを止めて、船頭や水夫《かこ》らが船の掃除をして正月飾りを舳先《へさき》に付けていた。

この日、重富利次郎は分家の嫡男真太郎に誘われて、四つ橋にある円城寺の集まりに初めて出た。

この集まり、なぜか「かつお会」と呼ばれるそうな。

かつお会の集まりは山内家の中堅幹部の嫡男が多く、豊雍の藩政改革に賛意を示していた。だが、その一方で、下士の出の久徳台八（直利）らの改革策には異を唱える面々であった。

長泉寺に隣接した円城寺の本堂に集まった数はおよそ十七、八人で、利次郎が藩道場で竹刀を交えた瀬降伸助らより数歳年上で、なにより嫡男という事実が、集まりをどこかいかめしいものにしていた。

分家の真太郎が利次郎を紹介すると、集まりの主導者格の村野《むらの》敏種《としたね》が、

「重富利次郎どの、よう高知に参られた。藩道場でのお手並み、それがしも承知しておる。さすがは江戸神保小路の尚武館の門弟衆、鮮やかなものでござった」

と利次郎の五人抜きを見ていた風情で言った。

利次郎はただ頭を下げた。

真太郎に誘われて円城寺の集いに出ると父に断ると、百太郎は、

「そなたは城下の複雑で厳しい上下関係を知らぬゆえ、軽々しく発言に加わるでないぞ」

と釘を刺された。

「父上、真太郎さんは、豊後関前の藩政改革を成功に導きつつある藩物産所のことをそれがしに話させたいようです。とは申せ、それがしは、藩外に出ておられた磐音若先生が江戸の大商人《おおあきんど》らとの間に立ち、物流を助けた事実をわずかに承知しているだけ。話したくとも話す中身がございません」

「真太郎ら若い面々が真剣に藩政を改革し、藩主豊薙様をなんとかお助けしようという考え、貴重である。江戸藩邸にいたのでは国許の厳しい事情は肌で感じとれぬ。よき機会ゆえ集まりに出ることは許す」

百太郎の許しを得て真太郎に同道してきたが、円城寺の集まりの面々すべてが利次郎を歓迎しているのではないと、すぐに分かった。

「伸助らがあまりにもだらしないのだ」

と一座の中に吐き捨てた者がいた。

いぞ」

「五島忠志《ごとうただし》、利次郎どののお手並みも見んで、一概に伸助らの敗北を責めるでな

と村野が言い、

「それがし、あの場におったが、高知の剣術、いささか井の中の蛙《かわず》に落ちておる。五島、その点、江戸の尚武館で揉まれた利次郎どのの動き、無駄がなくて鋭いわ。五島、ただ今の藩の内実を江戸藩邸の者に教えられたのだ。素直に受け止めよ」

と別の人物が言い、真太郎が、

「ご一統様、それがしが本日の集いに従兄弟を誘ったのは、剣術のことではござらぬ。尚武館の後継になられた佐々木磐音様が豊後関前藩の藩政改革に際してとられた考えを、従弟が知り得るかぎり、話してもらおうと思ったからにござる」

と利次郎を伴った理由を説明した。

「おお、そのことだ。一同謹聴されよ」

と村野が一同に申し渡した。

「ご一統様にお断りしておきます。それがし、坂崎磐音とおっしゃる時代から尚武館にて薫陶を受けながら、坂崎様の江戸での行動をつぶさに観察したわけでもなく、漫然と見てきたこと、坂崎様が折りに触れて話されたことの断片を繋ぎ合

わせて話ができる程度にございます。それで宜しゅうございますか」

「われら、なにかきっかけを頂戴すればよいのだ。事の全貌《ぜんぼう》や詳細など望んでもおらぬ。利次郎どの、それでよい」

と村野が鷹揚《おうよう》に答えた。

「また豊後関前は他藩のこと、窮地に陥った藩財政がどれほどひどいものかされ存じませぬ」

「あいや、利次郎どの、関前藩のことなら、われら高知の面々のほうが承知じゃ。関前藩は六万石の中大名、また宍戸《ししど》文六《ぶんろく》様なる国家老が藩政を長らく恣《ほしいまま》にしてきたことが藩運営を滞らせた大きな因《もと》であったと、われら理解しておる」

村野らは他藩の藩政改革を勉強してきたか、豊後関前の事情を利次郎以上に摑んでいた。

利次郎は首肯すると、

「坂崎磐音様と二人の同志が江戸勤番を終えられ、国許に戻られたのは、明和九年（一七七二）のことにございましたそうな。坂崎様方は江戸藩邸の若い面々と、藩財政を立て直すために領内の物産を一括して藩で買い上げる仕組みを藩の幹部方に上申なさる心積もりであったようです。されど、国許を専断してきた国家老一派が、坂崎様方の帰国を手薬煉《てぐすね》引いて待っておられた。三人の中のお一人の、城下におられたお内儀が亭主どのの留守に不実を働いたという虚偽の噂を城下に流させ、このお方が屋敷に帰る前にその耳に吹き込んだ。そのお内儀というのは、もう一人の友の妹御と聞いております」

「なんと汚い策を」

という呟きが洩れた。

「国家老派は三人の離反を図ったのです。ために二人の友が斬り合う羽目になり、戦いに生き残ったお一人を討ち果たすため、坂崎磐音様に上意討ちの命が下された」

「それがしもその話、聞いたことがある」

と座の一人が呟いた。

「藩改革の志を胸に帰国なされた三人の夢は、一瞬にして潰《つい》えました。坂崎様が討ち果たされた友の下の妹御と坂崎様は、帰国の数日後に祝言を挙げることになっておりました。坂崎様は、上意とはいえ、実の兄を討ち果たした自分が妹御と所帯を持つことなどできぬと考えられ、藩を抜けて江戸に戻られたのです」

「豊後関前の改革の背後にそのような悲劇がござったか」

「われらも重々注意せねばならぬ」

という声が洩れた。

「江戸に戻られた坂崎磐音様は裏長屋に住まいなされて鰻割《うなぎさ》きの賃仕事などで糊口《ここう》を凌《しの》がれ、時に用心棒のような危ない橋を渡られたようです。坂崎様が藩外から関前藩と藩主福坂実高《さねたか》様の藩政改革を手助けせんと再び乗り出されたのは、江戸の両替商六百軒を束ねる両替屋行司の今津屋と知り合い、信頼を得たことが大きかろうと存じます」

「そのような話を江戸におるときに洩れ聞いたが、真実であったか」

と村野が応じた。

「今津屋様が坂崎磐音様を信頼なされたのは、剣の腕前は別にしてお人柄にございましょう。この今津屋が、魚河岸《うおがし》の乾物問屋と豊後関前を結び付ける口利きをなされたと聞いております」

「乾物問屋にござるか」

と一座から疑問の声がした。

「豊後関前藩は、海と山の幸に恵まれた藩と聞いております。ですが、これらの物産は城下の商人方が買い上げて領内にしか流通しない仕組み、むろんこの仕組みの背後には商人と組んで流通を独占する国家老派が控えておられた」

一座から呻き声が上がった。それはまた高知山内家が陥る状況と全く同じゆえだ。

「坂崎様方は、これら藩の物産を一括して買い上げる藩物産所を興され、それらの物産を、借上げ弁才船《べざいせん》で上方や江戸に一気に運び込まれることを画策なされたそうです。坂崎様や今津屋や乾物問屋が江戸に控えておられたればこそ、できた企てにございましょう。領内で売買するより江戸で売るほうが値も高く、当然利も大きい。また坂崎様方は戻り船に古着などを積み、領内ばかりか西国一円で販売し、戻り船でも利がとれるように考えられた」

「ふうっ」

という溜息が洩れた。

「財政再建、軌道に乗られたか」

「ただ今では、豊後と江戸の間を、関前の物産を積んだ借上げ船が定期的に往復し、たしかな利をもたらしていると聞いております」

「藩物産所構想な」

と一人が呟いた。

「翻《ひるがえ》ってわが藩は、特産物の紙、茶、漆などすべて、専売制を取ってきた。だが、重臣の一部と商人が独占的に絡んで、専売制とは名ばかり、笊《ざる》から水が洩る如く、いや、漆、紙、茶が洩れて、専売制の効が上がっておらぬわ」

「久徳直利様らの改革がなかなか進まぬのも、この壁のせいよ」

と互いに言い合った。

「豊後関前の改革の背後には親友二人の死をはじめ、幾多の命が失われ、血が流されたと、それがし推察しております」

利次郎は自分の話を締めくくるように言った。

「であろうな」

と村野が何度も首肯した。

「われらに試されておるのは、血を流す覚悟があるかどうかだ」

一人の言葉が一座に沈黙を強いた。

長い沈黙の後、

「重富利次郎どの、それがし、徒目付《かちめつけ》市原七郎《いちはらしちろう》と申す。ちと異なことを尋ねてよいか」

「市原様、改まってなんでございましょう」

「城下がりの父上百太郎様が刺客に襲われたという話があるが、真《まこと》か」

利次郎は市原を見ながらも、なんの返答もできないでいた。

「市原、藩内のことを問うのはよせ」

と村野が言った。

「重富百太郎様は近習目付、藩主豊雍様の御側《おそば》に仕えておられる。その百太郎様が高知入りなされ、襲われた。村野、このことが真実ならば、われらの集いのかつお会とて無縁ではないぞ」

と市原が言い切った。

「利次郎どの、まことに伯父御が城下がりの途中に襲われたのか」

と真太郎が驚きの顔で質した。

従兄弟の問いだ、無視するわけにはいかなかった。

利次郎は小さく頷いた。

「大事なかったか」

「それがしが同道しておりましたで」

「なにっ、利次郎どのが剣を抜いて戦われたか」

「真太郎、父御が暗殺されようというのだ、倅が動かんでどうする」

村野が言い、真太郎が利次郎を見た。

「父を守るために致し方なく」

「相手は何人であった」

「刺客は六人、この方々とは別に頭分《かしら》がおられました」

「面体を晒してのことか」

「いえ、頭巾などで顔を隠しておられました」

「村野。分家深浦《ふかうら》家の広小路《ひろこうじ》組《ぐみ》ではないか」

「まず間違いなかろう」

と言い合った村野らが、

「そなた一人で刺客を撃退なされたか」

座の一人がさらに問うた。

「いえ、それがしが三人に手傷を負わせたところに、折りよく城下がりの家中の方が通りかかられました。それで刺客らは怪我人を抱えて引き上げました」

「よう父御を守り通された」

と村野が利次郎を褒めた。

「利次郎どの、折りよく通りかかられた家中の方とは、どなたであったか。なぜそなたも伯父御も、そのことをわが家で話されなかった」

と真太郎が問うた。利次郎は答えてよいかどうか躊躇《ちゅうちょ》した。

「それがしが答えようか」

と利次郎に代わって市原七郎が応じた。

「七郎、承知か」

「重富百太郎様に危害を加えんとしたこと自体が秘匿《ひとく》されておるで、この場を借りて利次郎どのに訊いた。それが真となれば、折りよく通りかかった相手は小監察の深作逸三郎どのといっても差し障りがなかろう」

「おお、深作様がその場を通りかかられたか」

村野の顔に安堵の表情が浮かび、利次郎に訊いた。

「小監察がその場に行き合わせたことは重要だぞ」

分かっておる、と同志の一人に応じた村野が、

「市原、そなた、百太郎様襲撃の始末がどう付けられたか、承知か。そのこと、われらにとって大変重大な意味を持つ」

「それがし、徒目付ゆえ、深作様が動かれておることは断片的に洩れ聞いている。だが、そのあと、どう始末を付けられたかは知らぬ」

一同の視線が利次郎に集まった。

「困りました」

と利次郎が呟く。

「利次郎どの、小監察深作どのが動かれているということは、われらにとっても心強い話なのだ。差し支えなくば話してくれぬか」

利次郎は覚悟せざるをえない。

「真太郎どの、騒ぎのあと、父上と深作様が話し合われて、町奉行佐野彦兵衛様の屋敷に伺うことになりました」

「おうおう、町奉行の佐野様の役宅にな」

だれかが嬉しそうに言った。

「佐野様のお屋敷では、それがし供待ち部屋で待機しておりましたで、三者の話は一切承知しておりません」

利次郎の答えに、一座に安堵の吐息が洩れた。

「よし、江戸から内偵に入られた近習目付重富百太郎様と小監察深作逸三郎どの、さらには町奉行佐野彦兵衛様が会談なされた意味は大きい」

村野の意見に一同が頷いた。

「重富真太郎、利次郎どのをお招きしてよかったぞ」

と村野が笑いかけ、ようやくかつお会の面々が利次郎を認めるように笑顔を見せた。

利次郎は真太郎とともに一旦分家の椿《つばき》屋敷に戻った。そして、大晦日の夕餉の膳の後、今度は寛二郎と屋敷を出た。

酒を満たした貧乏徳利を下げた寛二郎と利次郎は、深夜の城下から鏡川沿いに浦戸《うらど》湾へと下っていった。

「利次郎さん、兄者《あにじゃ》方の集い、どうでしたか」

「正直言うて苦手です。部屋住みの身では藩政改革も無縁に聞こえます」

「うっふっふ」

と寛二郎が笑い、

「嫡男と次男の違いかな。私も同じ考えです」

「われら次男坊にとって、どこぞに婿入り先のあるなしが当面の大事ですからね」

と利次郎は答えながら、江戸を出て以後、寛二郎への返事とは裏腹に、

「もはや婿入りなどどうでもよいこと」

と考えが変わったことに自ら気付いていた。

それはなぜか。

父との道中が、考えを変えるきっかけになっていた。そして、それとは別に、利次郎の胸の中に一人の女の影があることを意識していた。

行く手から波音が響いてきた。太平洋の荒波だ。

天正《てんしょう》十九年（一五九一）、長宗我部元親が、桂浜の丘陵部に、大海原を見下ろす浦戸城を建設した。ために土佐の中心はこの浜辺に移った。だが、時代が移り、山内一豊が慶長八年（一六〇三）に高知城を築くと、城の移転とともに浦戸城は短い歴史を終えた。

利次郎と寛二郎は、弦月《げんげつ》が浦戸湾の波間を照らす桂浜を見下ろす城跡に出た。

廃城から崖《がけ》沿いに浜に下るところに侘助の白い花が咲き、弦月の月明かりにぼんやりと浮かんでいた。そして、荒く砕ける波が次から次へと浜に押し寄せ、利次郎を幻惑した。

弧状に広がる浜は穏やかだが、押し寄せる波頭は高く、荒かった。

「利次郎さん、この浜はカケアガリと言うて、泳ぐことを禁じられているのです」

「波が荒いからですね」

「波の下でまた別の潮流が渦巻き、この波に呑《の》み込まれた者の亡骸《なきがら》は遠く他国の浜へと連れ去られるのです」

と説明した寛二郎が、

「そろそろ除夜の鐘が鳴り始める刻限です。仲間たちがあの龍王《りゆうおう》岬に集まるのです。参りましょう」

利次郎は侘助の一枝を折ると浜に下りた。

桂浜の西、太平洋に突き出した小さな岬は岩場で、海神を祀《まつ》る龍王の祠《ほこら》があった。すでに瀬降ら剣術仲間が集い、酒盛りを始めていた。

「利次郎どの、侘助を一枝持参とは風流ですね」

と三井玄之丞が笑いかけた。

「高知城下で初めて出会った花ですからね、気になります」

「たれか女性《にょしょう》と重ね合わせておるな」

池平四郎が言い、

「まずは一献」

と大きな酒器を利次郎に持たせ、なみなみと酒を注《つ》いでくれた。

「頂戴します」

と利次郎は、月が照らす太平洋の荒波を見下ろしながら酒器に口を付けようとした。

そのとき、どこで打ち鳴らすのか百八つの煩悩の鐘の最初の音が桂浜に響いてきた。

「峰寺の鐘か」

草薙徳左衛門が呟き、若い六人の侍たちは海を眺めながら、それぞれが過ぎゆく年や新たな年に想いを馳《は》せた。

三

利次郎らは桂浜の龍王岬で初日の出を拝むつもりで、持参の酒をちびちびと飲みながら時を待った。

八つ（午前二時）時分、淡く輝いていた弓張月《ゆみはりづき》が雲間に隠れた。それをきっかけに、俄《にわ》かに天候が急変した。そして、

ぽつぽつ
と雨が落ちてきた。

「こりゃ、初日の出どころではないぞ。正月早々ずぶ濡れで風邪を引きかねぬ。急に寒くなったわ」

と瀬降伸助が言い出した。

「伸助、おぬしのせいだ。子供の時分からそなたが加わると雨がよう降った」

と三井玄之丞が文句を言った。

「瀬降などという姓がいかんのだ。そなたの家は雨師《うし》の家系か」

寛二郎にまで言われた瀬降が、

「おおっ、おれのせいだ」

と居直り、

「姓は代々受け継ぐもの、どうしようもないではないか。文句があるなら、瀬降の姓を捨てられるように婿入り先を見つけてこい。そうそう注文はつけぬ。相手は一人娘で人柄がようて見目麗《みめうるわ》しい。親御は藩の要職で隠居を控えており、家禄《かろく》は四百石もあれば十分だ」

「よう言うわ。どこにそのような婿入り先がある」

草薙徳左衛門が苦笑いして一蹴した。

「いや、その条件ならばなくもない」

と池平四郎が真顔で加わった。

雨は本降りになろうとしていた。

「おい、城下に戻るぞ」

草薙が決断するように宣告した。

「元旦早々これでは、今年も厳しいな」

半分ほど飲んだ徳利を下げた一行は龍王岬から桂浜に下りて、里へと上がった。

「おい、平四郎。最前そなたは、おれの注文に適《かな》う婿入り先があると言うたな」

と瀬降伸助が最前の話にこだわり、言い出した。

「まだ覚えておったか」

「あるのか」

「ある」

「言え、本気で考えよう」

「祐筆《ゆうひつ》の窪川《くぼかわ》家は三百六十五石。四百にはちと足りぬが、一人娘で、人柄は知らぬが見目麗しいそうではないか。親父様は何年も前から隠居を考えておるというし、うってつけだぞ、瀬降」

瀬降の舌打ちが応じて言った。

「おれに化け物娘を押しつけようという算段か、平四郎」

「歳は三十一で出戻りであったな。なんでも離縁された理由が、夜中に行灯《あんどん》の油を嘗《な》めるとか、首が伸びるとかいう話だ」

池平四郎が城下の噂話を持ち出した。

「よいではないか、油を嘗めるくらい」

他人事《ひとごと》と思ってか、玄之丞が二人の言葉に応酬した。

「窪川伸助、わるい姓名ではないな」

と草薙まで加わった。

冷雨に濡れた一行はなにか喋っていなければ寒かった。

「おれは雨師で我慢する」

利次郎らは鏡川に沿って浦戸町の東端まで戻ってきた。全員がじっとりと濡れていた。川向こうは種崎町で、両岸には水夫《かこ》らの住まいする小家が櫛比《しっぴ》していた。

侘助を手にした利次郎は、浜を出た辺りからひたひたと尾行する一団があることを感じていた。

「ご一統、われらたれぞに監視されているようです」

利次郎の言葉に一統の足が止まった。

「止まらんでくだされ。このまま素知らぬ顔で歩き続けましょう」

うむ、と緊張を溜めた声で応じた瀬降が、

「われら、部屋住み者を見張ってどうなるものでもあるまい」

と呟き、背後の気配を感じ取ろうとしていた草薙徳左衛門が、

「利次郎どの、勘違いではござらぬか」

と問い直した。

「たしかに、ただ今は気配が薄れたように思えます。ですが、浜からたしかに尾行が付いておりました」

「一人か」

「いえ、われらと同数か、あるいはそれ以上と思えます」

利次郎に確信はなかったが、己の直感を信じようとした。だが、最前まであった気配は消えていた。

「おかしい」

と呟く利次郎に寛二郎が、

「伯父御の一件で、利次郎さんは神経が過敏になっているのです」

と言った。

「そうであればよいが」

と利次郎が言ったとき、水夫小屋の間の路地からばらばらと影が飛び出してきて行く手を遮った。家中の者のようだが、衣服からして身分は高くないように思えた。菅笠《すげがさ》を被って雨を避《よ》け、面体を手拭いで覆っている。

「利次郎どのの勘は正しかったぞ」

瀬降が驚きの言葉を洩らした。

利次郎は七、八人の年齢がまちまちなのを見てとっていた。体付きから察してまだ十七、八の者もいれば、三十半ばを過ぎた者も混じっていた。

「そなたら、何者だ」

草薙徳左衛門が誰何《すいか》した。

「江戸から来た御仁の身柄、頂戴いたす」

一統の年長者と思える者がぼそぼそと土佐訛りで言った。

「なんと申した。重富利次郎どのは当家江戸屋敷近習目付重富百太郎様の次男、われらと同じ家中の者だぞ」

と草薙が突っぱねた。

「腕ずくでも頂戴いたす」

「そのほうら、郷士《ごうし》か。いや、足軽身分か地下浪人《じげろうにん》じゃな」

と瀬降が冷たく問うた。

土佐藩の郷士は下士の上位に位置づけられ、足軽までは士分、だが、地下浪人は卒として扱われた。

「どうやら図星のようだな。去《い》ね。無礼は正月ゆえ差し許して遣わす」

と瀬降が命じた。

だが、相手は刀の鯉口を切って戦う姿勢を見せた。

「瀬降、こやつら、分家の広小路組の甘言に乗せられた面々だぞ」

草薙が相手の正体をこう判断した。

「なにっ、広小路組がなぜ利次郎どのの身柄を欲しがる」

「父御百太郎様の探索に関わっておろう」

「そうか。城下がりに一度、百太郎様は襲われておられるからな」

と三井玄之丞が応じると寛二郎も、

「それだけではあるまい。利次郎さんは昨夕、かつお会の集いに兄と一緒に出られた。その関わりもないか」

「なぜ利次郎どのがかつお会に出られたな」

「それがしの師、佐々木磐音若先生の旧藩豊後関前の藩政改革について、知るところでよいから話してくれ、との従兄真太郎どのの要請に応じてのことでした」

と利次郎が答えた。

「いよいよ広小路組の雇われの匂いがしてきたぞ」

と瀬降が一歩前に出ると、

「そのほうらが腕ずくで利次郎どのをひっ攫《さら》うと言うのなら、われら藩道場の若手組、利次郎どのの助勢をいたす。その覚悟で参れ」

と宣告した。

相手も瀬降の宣告に応じて戦いの決断を決めたようで、年長者を前列にして若手組を左右に配する陣形を整えた。

「よし」

と草薙も戦いの決断をしたように仲間を見た。

「双方お待ちくだされ。正月早々集団で斬り合うのは穏当ではござらぬ」

「利次郎さん、こやつらに付いていくというのか」

刀の柄《つか》に右手をかけた寛二郎が利次郎に問い質した。

「いえ、それがし、広小路組とやらがどのようなものかも知らぬ江戸者です。彼らの命に従う謂れはありません。ただ、集団で城下を騒がすのは恐れ多い」

と仲間に答えた利次郎は、相手方の頭分と思える年長者に、

「そなたが一統の長と見ました。それがしとそなたの勝負で決着をつけませんか。それがしが負けた際は、どちらへなりとも同道しましょう。この儀、いかがか」

利次郎の声音は落ち着いていた。

城下がりの父を守って戦った経験が、剣術家として利次郎に自信を付けさせ、大きく成長させていた。

指名された相手がしばし沈黙を守って考えていたが、

「よか、受け申す」

と応じた。

利次郎は手にしていた侘助の一枝と、濡れた羽織を脱いで従兄弟の寛二郎に預けた。

「利次郎さん、大丈夫か」

「立ち合うてみぬことには、なんとも申せません」

利次郎は笑みを返すと相手の前へと歩いていき、

「そなた、それがしの名を承知ですね。姓名の儀、教えてくれませんか」

と請うた。

相手は無言を守った。

「藩の内紛のためにわれら戦うのではない、尋常の勝負です。姓名流儀を名乗り合うのが武士の礼儀と申すもの」

相手はそれでも迷っていたが、菅笠と顔を隠した手拭いをむしり取って捨てた。

「無外流小坪籐吉《こつぼとうきち》」

「江戸は神保小路直心影流尚武館佐々木道場門弟、重富利次郎」

と二人は名乗り合った。すると利次郎の背後から瀬降が、

「室津《むろつ》番所の小坪か」

と呟くのが聞こえた。

利次郎は息を整えると、堀川国広をそろりと抜いた。

相手の小坪も厚みのありそうな刀を抜き、脇構えにおいて腰を沈めた。

利次郎は国広を正眼に構え、小坪の目を注視した。

雨がそぼ降っていた。

二人は互いの呼吸を読み合いながら、踏み込むきっかけを探り合った。

安永八年（一七七九）の正月元日の未明だった。だが、雨のせいで朝の気配は感じ取れなかった。

どこか水夫の家の戸ががらりと開かれた。

「雨か」

その声に反応したように、小坪がするすると突進してきた。

利次郎も相手の動きを見つつ、踏み込んだ。

間合いが一気に切られ、小坪の脇構えが弧を描いて利次郎の腰を襲った。

利次郎の正眼の国広が、伸びてきた刀を押さえて弾き返した。

小坪が流れた刀身を虚空で引き付け、利次郎の首筋に二の手を入れてきた。

利次郎は国広で小坪の刀を弾いた後、身をくるりと相手の体の横手に流し、二の手を避けると、戦いの間合い内で踏みとどまった。

小坪は下段から擦《す》り上げた。

利次郎は浮き上がってくる小坪の鎬《しのぎ》に自らの鎬を合わせ、相手の動きを止めた。

体は断然利次郎が大きかった。ために利次郎の国広が、小坪の剣を上から押さえる格好になった。

力勝負になると、体勢からいっても体付きからいっても利次郎が有利だった。

小坪の顔がみるみる真っ赤に染まった。

利次郎は相手の弾む息を読みつつ、押さえていた国広から、
ぱあっ
と力を抜き、飛び下がる構えを見せた。

得たり、と小坪が動きを得た刀を引き付けようとしたとき、下がりながら利次郎の国広が小坪の右手首の腱《けん》を断ち斬っていた。

「あっ」

と悲鳴を洩らした小坪の手から刀がこぼれそうになった。だが、なんとか左手一本で保持した。

利次郎は国広を引くと、

「勝負ござった、お引きなされ」

と命じた。

小坪は左手の刀を胸前に抱えるようにして利次郎を睨みつけていた。だが、その顔が悲しくも絶望に塗れて、一礼すると、仲間のところに戻った。そして、七人は踵《きびす》を返すと雨の中に姿を消した。

「ふうっ」

と瀬降が大きな息を洩らし、

「おれも江戸に出とうなった」

と言った。

瀬降が洩らした言葉の意味を咄嗟《とっさ》に理解した仲間は、だれも答えない。

利次郎は血振りをして、刀身を鞘に納めた。寛二郎が羽織を渡してくれた。

「お待たせいたしました、参りましょうか」

利次郎らは黙々と鏡川の右岸を進み、雑喉場《ざこば》橋で城下に戻った。

六人が別れたのは追手門筋の辻だ。

二人になったとき、寛二郎が、

「体の芯《しん》から冷え切ったぞ、利次郎さん」

「私もです」

「わが屋敷では、正月だけは朝湯が沸かされる習わしです。爺《じい》が忘れていなければよいが」

と呟き、椿屋敷の門前に立った。するとすでに門扉は開かれ、雨に濡れた侘助の白が、正月の暗い夜明けにぼおっと浮かんでいた。

(そうだ、浜で手折《たお》った侘助はどうなったか)

寛二郎の手にはなかった。戦いを見る間に思わず落としたか。ともかく利次郎は、

(戻り着いた)

と深い疲労を感じながらそう考えていた。

「寛二郎様、初日の出は無理じゃったな」

と門番が二人を迎え、寛二郎が、

「朝湯は沸いているか。われら、ずぶ濡れで体の芯まで冷え切っている」

「最前、ご本家の殿様が入られたところですよ」

よし、と答えた寛二郎が、

「湯殿に直行しましょう。濡れ鼠《ねずみ》では座敷じゅうが水浸しになりますからね」

寛二郎の言葉に、二人は庭先から湯殿に向かった。

「ふうっ」

と寛二郎が湯殿の中で大きな息を吐いた。

「長い大晦日でしたね」

「利次郎さんには格別そうでしょう。まさか広小路組が利次郎さんに手を伸ばし

てくるとは思いもしなかった。とにかくこの一件に関しては、兄者が軽率に過ぎた」

と寛二郎が言ったとき、脱衣場に人の気配がして、

「寛二郎、なぜおれが軽率か」

と当の真太郎が顔を覗かせた。

「兄者か、湯に入られよ。とくと話を聞かせるでな」

弟に言われた兄が裸になって湯殿に入ってきた。かけ湯をした真太郎が、

「話を聞こう」

と二人の顔を見た。

寛二郎は頷くと、鏡川河岸での待ち伏せと戦いの一部始終を克明に話した。

「なにっ、室津番所の小坪が広小路組の手先として雇われ、利次郎どのを名指しで襲ったとな」

「愚か者が、利次郎さんをどこぞに連れていこうとしたのだ」

「伯父御は、あの刺客騒ぎ以来、警固がついておるでな、利次郎どのに狙いを変えたか。それにしても愚かなことよ」

「広小路組は伯父御の高知入りでがたがたと騒ぎ立てておるな。そのきっかけを

作ったのは、兄者がかつお会の集いに利次郎さんを誘ったからじゃぞ」

「いかにも、それがしが軽率であったやもしれぬ。だが、利次郎どのの反撃に遭《お》うてあたふたしておるのは先方よ。だんだんと尻尾《しっぽ》を出しおるぞ」

「兄者、そのような呑気なことではないぞ。われら、部屋住みの者まで、兄者らの藩政刷新派の弟分と思われてしまったではないか」

「土佐藩の改革に嫡男も部屋住みもあるか」

と弟に言い返した兄が、

「利次郎どの、伯父御とそなたが高知入りしたお蔭で、城に巣くう腹黒い虫どもがあわてふためいておる。それに伯父御の探索とわれらの藩政刷新は無縁ではない。伯父御を手助けすると思うて精々働いてくれ」

と利次郎に命じた。

四

「安永八年己亥正月元日朝儀舊《きゅう》のごとし。

二日儀例におなじ。高家《こうけ》横瀬駿河守貞臣《よこせするがのかみさだおみ》。大友近江守義珍《おおともおうみのかみよしたか》御前をとどめらる。

これは大広間御酌御加の役に候し。失儀ありしをもてなり。
三日儀また舊のごとし。御庭にて御乗馬はじめあり。夜にいりて例のごとく謡曲の式行はる」

暗雲を孕《はら》んだ安永八年の年明け三が日を『徳川実紀』は淡々とこう記す。

この年、家治は御齢四十三を数えた。

城近い神保小路では例年になく静かな年越しを迎えた。

磐音は、旧年と新年を結ぶ除夜の鐘を、おこんと枕を並べた尚武館の離れ屋の寝床でかすかに聞いた。

年の瀬、金兵衛が風邪を引いたこともあり、磐音もおこんも深川六間堀通いが続き、尚武館で落ち着いた暮らしができなかった。

大掃除は年の瀬に入って少しずつ始めていたので、大晦日前には終わっていた。

だが、御節料理の大半はおえいがいつものように仕度をして調理し、おこんは手伝うことができなかった。その分、早苗が、時には霧子までおえいを助けて調理した。

だが、大晦日の夜、母屋の台所ではおえい、おこん、早苗に霧子が加わり、出来上がった御節料理を御重に詰める作業が賑やかに行われた。

こうして尚武館の女四人が顔を揃えることなど滅多にない。

「養母上《ははうえ》、今年は佐々木家の御節料理の作り方を習うことを失してしまいました。なんの手伝いもできず申し訳ございません」

と詫びるとおえいが、

「そなたとは長い付き合いになります。今年できなければ来年考えればよいこと。まあ、年の瀬に金兵衛どのの風邪がございましたでな、致し方ございますまい」

と鷹揚に笑い、

「おこんの代わりに、妹分の早苗と霧子が十分に手伝ってくれましたよ」

と満足そうだ。

早苗は大晦日の夜、本所の両親のもとで過ごしていらっしゃいというおえいとおこんの言葉を、

「奉公人の里帰りは年二度の藪入《やぶい》りと決まっております。私は、そうでなくとも若先生やおこん様のお供でしばしば両親と顔を合わせておりますので、年の瀬くらい役に立ちとうございます」

と尚武館に残った。

本所の裏長屋の貧乏暮らしが長く続いた竹村家では、御節料理など母親に習う

機会もなかったのではとおえいは想像していた。だが、母親の勢津《せつ》が苦しい家計の中でも正月の料理の煮炊きを早苗に教えたらしく、十分におえいの力になった。霧子のほうは尚武館に住み込む理由が理由だ。

物心ついたときから下忍《しのび》の集団雑賀衆《さいかしゅう》の中で野に伏し、地を這って生きてきたのだ。武家や町衆の暮らしのあれこれは何一つ身に付けていなかった。だが、霧子も今年で三度目の神保小路での年越し、おえいの懇切丁寧な料理指南もあって、およその御節料理の作り方を覚えていた。

そのようなわけで、おえいには心強い助っ人の娘が二人もおこんの代役を務めてくれた。ために離れ屋の若夫婦は大つごもりの夜、静かにゆく年を見送ることができたのである。

磐音は七つ(午前四時)前、床を離れると、おこんが用意してくれていた真新しい稽古着の袖《そで》に腕を通し、道場に出た。すると小田平助がすでに広々とした尚武館を独り占めして、槍折れの稽古に励んでいた。

「安永八年が尚武館と佐々木家に幸多き年でありますように、心をこめて新年の祝賀を申し上げ候」

と小田が畏まった年賀の挨拶をなした。

「小田平助どの、新珠の年がそなた様にも瑞兆《ずいちょう》を齎《もたら》さんことをお祈り申す」

互いに新年の挨拶をなした二人は、木刀と槍折れを構え合って打ち込み稽古を始めた。

互いの腕は分かっていた。勝負する気持ちなど二人には毛頭ない。丁寧な一進一退、一挙手一投足、木刀と槍折れの動きに込めて打ち合う稽古だ。

時にゆったりと、また時に迅速に、目まぐるしく長短の得物が絡み合い、間合いをとった。結果、両者と二つの道具の動きに流れが生じ、間とためが見られ、見る人がいたならば心地よい気持ちにさせられたであろう。

いや、道場の隅に二人の見物人がいた。

磬音と小田平助は半刻（一時間）ほどの打ち込み稽古を阿吽の呼吸で止めると、互いに一礼をし合った。

「新年早々、心地よい汗をかかせてもらいました。お礼を申します」

「若先生、礼は小田平助が申すべきこと。家に家格あり人に人格あり、また剣にも剣格があることを、この小田平助、四十有余年の馬齢を重ねて得心させられました」

と小田がからからと笑った。

「剣に剣格がございますか」

磐音が笑いながら尋ねると、小田平助も破顔して筑前訛りで応じた。

「人柄から、自ずと滲《にじ》み出るもんやなかろか。若先生と小田平助の違いはたい、技量もさることながら、こん剣格の違いやもん」

「小田平助どのの剣風、お人柄と同じく飄々として滋味溢れておられます。それ以上のものがこの世にございましょうか」

「若先生、無理せんでよか。小田平助という花と佐々木磐音という花は、同じ畑には咲かんたいね」

小田には出自《しゅつじ》や育ちを超越した剽軽《ひょうきん》さがあり、それが人柄を形成していた。

磐音の視線が道場の隅の二人にいった。

「見ておったか」

霧子と早苗が控えていた。霧子の稽古着姿は珍しくもないが、早苗もまた稽古着を着ていた。

「若先生、早苗さんも尚武館に住まいする以上、武術の技を学びたいと望まれましたゆえ、道場に誘いました。お許しください」

霧子の言葉に早苗も、

「浪人竹村武左衛門の娘、未だ武術の手解《てほど》きをたれよりも受けたことがございません。若先生、ご存じのように父は刀を捨てましたが、私はいささかなりとも技を身に付けとうございます」

「それで正月元日の道場に出たか」

「はい」

「許す」

と磐音は新年早々女門弟が一人増えたことを認めると、

「霧子、そなたが武術の手解きをいたすか」

「若先生、道場に入る前はその心積もりでおりました。ですが、小田平助様のお言葉を聞き、はたと気付かされました。剣に剣格ありとすれば、早苗さんに最初に手解きなされる方は大事にございます。私は雑賀衆の下忍の技。早苗さんがそのような殺し技を身に付けてよいわけがございません。どうか早苗さんの剣術修行の手ほどき、若先生にお願い申します」

「霧子、勘違いいたすでないぞ。そなたの出自がどうであれ、尚武館にて修行の時を重ね、下忍の殺人剣はすでに洗い流されておる。直心影流の極意伝開書に曰く、『直はなおと訓じ、直き者は生きるが如しという事、直則《すなわち》正を得る。これ自然の天理なり。心則神なり』に始まる理を、そなたには教えたつもりじゃ。また、『業体百錬、工夫鍛練し、志を武恩に報せば、期せずしてその妙自ら得べし』との実践を重ねて会得いたしておる。霧子、以後、己の剣を卑下すること要らず、また傲慢《ごうまん》な気持ちになること非ず。すでにその身は尚武館の気風にたっぷりと浸っておる」

「若先生、ありがとうございます」

霧子は深々と頭を下げた。

「入門は師弟の契の日である。早苗どの、そなた、小太刀《こだち》を習いたいか、それとも定寸《じょうすん》の稽古がなしたいか」

と磐音が早苗に問うた。

「若先生、できることなら定寸の稽古を習いとうございます」

霧子が驚いたように早苗を見た。霧子に稽古をつけてほしいと願ったときから、霧子は女衆《おんなし》が修行する短刀、脇差《わきざし》、小太刀の修練と思っていたからだ。

「そなたの父武左衛門どのは立派な体格、さらに母御の勢津どのも女にしては大柄ゆえ、そなたもゆくゆくは立派な体に成長しよう。よかろう、定寸での稽古をつける。霧子、早苗どのに木刀を選んでくれぬか」

小田平助が磐音らの会話を聞いていて、

「大所帯の尚武館、若先生ともなると左団扇《ひだりうちわ》かと思うたがくさ、武者修行の者より何倍も働かされよるばい。やおいかんもんやね」

と感心した。

「小田どの、それがしも深川六間堀の裏長屋に住まいした折りのほうが、気儘な時間があったような気がいたします」

「若いうちのたい、苦労は、買《こ》うちでんせえちゅうばってん、大先生もあれこれと動きなさるたい。若先生も死ぬまで働かんとちがうやろか」

「大いにそうかもしれませんね」

「若先生のよかとこはたい、苦労ば苦労と思ちょらんとこたいね」

と小田平助が笑ったところに、霧子と早苗が磐音らのかたわらに来た。

「この木刀でいかがでしょう」

霧子は早苗が手にした木刀の選択を磐音に尋ねた。

古来、木刀に定寸はない。武芸者の体付き、腕力など、様々だからである。

『柳生《やぎゅう》流新秘抄』には、

「一、木刀の削《けずり》よう、飯篠山城守《いいざさやましろのかみ》より伝授と言い伝えて詳《つまびらか》ならず。削《けずる》とき吉日を選《えらび》て、右の寸法（宗矩《むねのり》の撓《しない》は長さ三尺三寸に切り、柄《つか》七寸）以て長太刀一具にして小太刀を作らず、削《けずり》よう秘事なり」

とある。

和人の体格に合わせれば、剣は刃渡り二尺三寸、柄七寸の総長三尺だが、木刀は、総長三尺三寸余、うち柄七寸余を標準とした。木刀が総長で三寸ほど長いのは、本身の刀より軽いゆえ長くしてあるのだ。

早苗が手にする木刀は総長二尺八寸余か。

「早苗どの、振ってみたか」

「霧子さんが選ばれたうち、この木刀がしっくりと手に馴染みました」

「よかろう」

磐音は見所の前に早苗を連れていくと、神棚に向かい、正座をさせた。また磐音もかたわらに座して新しい門人の入門を請うた。

「霧子しゃんはくさ、雑賀衆の下忍やったね」

と小田平助が訊いた。最前の磐音の話で興味を抱いたようだ。

「はい」

「尚武館に来て何年になるといわれるな」

「足掛け四年にございます」

「霧子しゃんは若かもんね」

となにか考えることがあるのか小田平助が思案し、

「霧子しゃん、わしと稽古ばしてくれんね」

と願った。

「小田平助様、富田天信正流槍折れの術、教えていただけますか」

「なんちね。女子ん霧子しゃんが槍折れば習いたかと」

「はい」

「よかよか、いつでんよかたい。ばってん、今朝はくさ、おまえ様の業前《わざまえ》ば見たか」

と小田平助が槍折れを構えた。

霧子も手に馴染んだ三尺余の木刀を構えた。

四半刻（三十分）後、双方が槍折れと木刀を引いた。

磐音のほうは早苗に基本の木刀の扱いと体の動きを教えて、明日から暇を見つけて何百何千回と繰り返すよう命じたところだった。

「若先生、分かりましたばい」

「分かりましたとは、なんでしょうか」

「尚武館の剣風たいね」

「霧子に稽古を付けられたようだが、それで判明いたしましたか」

「最前、若先生が霧子しゃんに言われましたな、あれたい。霧子しゃんの雑賀衆下忍の技は残っておらんことはございませんたい。ばってん、霧子しゃんの心身はたい、こん尚武館で生まれた赤子のごとくさ、無垢なもんたいね」

霧子が小田平助の言葉に嬉しそうに笑った。

磐音は、小田平助が長い放浪の旅でどうやら雑賀衆の下忍らも承知かと推測した。

「若い霧子しゃんは三年で下忍の垢《あか》を落とされたたいね。わしが永の旅塵《りょじん》をさっぱりさせるとしたらたい、何十年かかろうか」

と小田平助が独白した。

「小田どの、尚武館の暮らしが旅の疲れを忘れさせると言われるなら、尚武館に落ち着かれませぬか」

磐音が小田の独白に応じていた。

「若先生、わしが尚武館に居候してよかち言いなさるな」

「小田平助どのが難行なされた三十有余年の武者修行、わが門弟にどれほどよき影響を与えましょうか。小田平助どのの経験と技と人柄は尚武館にとっても得難いのです」

「わしはたい、霧子しゃんと立ち合うて尚武館の偉大さが分かり申した。若先生は、なんもせんで小田平助がどげん人間か分かったち言いなさるな」

「小田どの、そなたとすでに何度も稽古をしております」

「おお、忘れとった」

「われら武人は立ち合うてお互いの人柄を察します。それがし、小田平助どののお人柄を承知のつもりです」

「季助どんの手伝いばさせてもろてよかやろか」

よかよか、と霧子が磬音に代わっていった。

「霧子、そなた、槍折れの弟子を願うたか」

「はい」

「先が楽しみじゃな」

元旦、男女二人ずつの和やかな稽古で尚武館から物音が消えた。

尚武館の道場は言うに及ばず、母屋、離れ屋の神棚は若水に替えられ、五つ（午前八時）の刻限、尚武館道場の母屋に、佐々木家の二組の夫婦に小田平助、霧子、早苗の膳部が並べられ、新年初めての会食がなされようとしていた。

小田平助など、母屋に呼ばれたというだけで這いつくばった姿勢で黙り込んでいた。

「どうなされた、小田どの」

玲圓に声をかけられた小田が、

「それがし、正月元日に膳など貰うたことがなかとです。どげんしてよかか、分からんでござる」

「筑前訛りでよかよか、小田どの」

「大先生、そん小田どのがいかんたい。平助にしてくれんやろか」

と小田が這いつくばった姿勢のまま玲圓に願った。

「養父上、小田平助どのが、尚武館に落ち着かれるそうにございます」

「おお、得難き人物に客分になってもろうたな、磐音」

「それがしもそう思います」

「大先生、若先生。小田平助、尚武館の客分など滅相もなか。季助どんの手伝いの門番が似合いたい」

「季助の手伝いとな」

「いかんやろか」

「よかよか」

と満足そうに玲圓が応じ、

「おえい、おこん、松の内が明けたら長屋に足りぬものなど購《あがの》うてくれ」

と命じた。

「季助の朋輩《ほうばい》ならば、磐音、俸給も決めぬといかぬぞ」

「いかにもさようでした。なれど尚武館の俸給で小田平助どのが承知なされましょうか」

「小田どの、尚武館の経営はすでに磐音に渡してある。二人で話し合うて決めるがよかろう」

「大先生、若先生、俸給など考えてもおりまっせん」

「武術家とて、腹も空けば衣服も購わねばならぬ。江戸の暮らしに金子は要る。なあに、尚武館が出せる俸給は知れておる。のう、磐音」

と玲圓が磐音に笑いかけた。

「養父上が言われるとおりです。三度三度の食事は住み込み門弟と食されても宜しければ、季助爺のように自炊なされても宜しゅうございます。時服《じふく》はおこんが見繕《みつくろ》ってくれましょう」

小田平助が、がばっと平伏すると、

「小田平助、初めて人間扱いを受けたごたる。よしなにご指導のほどお願い申しますたい」

と額を玲圓と磐音の前につけた。

「ささっ、小田どの、屠蘇酒《とそしゅ》で新年を祝いましょうぞ」

とおえいの言葉がして、高島田に結い上げたおこんが、

「まずは養父上」

と玲圓に屠蘇酒の入った銚子《ちょうし》を差し出した。

こうして、神保小路の佐々木家の正月はいつもの年にも増して和やかな年明けとなった。

第五章　漆会所の戦い

一

利次郎は高知での正月を慌ただしく迎えていた。

分家の次男寛二郎らとともに桂浜に初日の出を迎えに行ったが、突然の雨に、楽しみにしていた初日の出を拝むことはできず、濡れそぼって屋敷に帰った。

その途中、鏡川の河岸で、広小路組の手先に雇われた室津番所の小坪籐吉らに待ち伏せされ、互いに集団での闘争に及ぼうとした。

その際、利次郎が機転を利かせ、相手の頭分《かしら》の小坪と利次郎の一対一の勝負に持ち込み、利次郎が勝ちを制して集団での戦いを避けた。

屋敷に戻り、湯に入った二人は、朝餉を食すると仮眠した。

分家では毎年、皿鉢料理などの御節料理は元日の昼に食する習慣とか。

二人が枕を並べて眠りに就いてどれほどの時間が過ぎたか、二人は真太郎に揺り起こされた。

「兄者《あにじゃ》、正月の馳走より眠らせてくれ」

「なにを言うておる。もうとっくに昼の刻限は過ぎておるわ」

「なに、われら、正月の膳を抜かされたか」

「寛二郎、それどころではないわ。正月、一気に分家の深浦様が反撃に出られた。久徳直利様が設けられた漆会所《うるしかいしょ》を広小路組が乗っ取り、立て籠《こ》もっている」

がばっ
と寛二郎と利次郎は、床に起き上がった。

雨は上がったか、障子の向こうから射す光は西に回っていた。

「町奉行所では、利次郎どのが追手門前で斬った三人を城下外れの日向寺で見付け、急襲して捕縛《ほばく》したのだ。敵方は大晦日というので油断していたのであろう。三人が抑えられたことを知った広小路組は、一気に反撃に出た、それが漆会所立て籠もりだ。すでに父も伯父御も城に上がっておられる」

「参りましょう」

「漆会所にですか」

頷いた利次郎は手早く身仕度を整えた。

三人は早々に屋敷を出た。

廓中《かちゅう》全域に緊張が広がっていた。

「真太郎どの、藩政改革に反対なさる広小路組の長の一門分家とは、どのような人物ですか」

利次郎は従兄に訊いた。父の御用とも関わりがあると思ったからだ。

「佐川深浦家の出で深浦帯刀《たてわき》様と申される人物でな、歳はたしか五十四、五のはずだ。深浦様は先代豊敷様の信頼を受けて近習《きんじゅ》家老に就任以来、藩政の中核におられた。事実、藩政に対して功績もある。もっとも、昔の話だがな。この辺がややこしいところなのだ。だが、後年の深浦様の藩政はいかぬ、私利私欲に走っておられた。ために藩財政が綻《ほころ》んだ。昨今、豊雍様が藩政改革に着手なされ、久徳直利様を登用なされた後、藩政の中心から遠ざけられたが、当然のことだ。それを恨《うら》んでか、城下の馴染みの紙問屋の土佐《とさ》一草《いちそう》右《え》衛門《もん》、漆問屋の五台屋《ごだいや》半兵衛《はんべえ》ら大商人《おおあきんど》と結託して、久徳様の藩政改革に反旗を翻しておられる」

「真太郎どの方のかつお会と同じ立場ですか」

「利次郎どの、それは全く違う」

真太郎が足を止め、利次郎の顔を正視すると言い切った。

「われらは、豊雍様が推進なさる藩政改革には大いに賛意を示しておる。深浦帯刀様一派の、城下の御用商人と結託しての紙、漆、茶などの旧態依然とした独占は許されぬ。久徳様の拙速なやり方を改めてくれるよう願うているだけだ。利次郎どの、そこのところを分かってほしい」

真太郎は豊雍への忠誠心は揺るぎないと言っていた。

「はい」

「深浦帯刀様は、紙、漆、茶などが藩の専売制になることに猛反対されておられる。藩の専売制が成功すれば、深浦帯刀様が土佐一や五台屋と組んでの旨《うま》みはなくなるからな」

「この一件、父の土佐入りと関わりがありますね」

「ある、大いにあろう」

真太郎が期待をこめたような口調で言うと、再び廓中の道を広小路へと歩き出した。

「伯父御は近習目付《めつけ》ゆえ、この一件を江戸藩邸で察知なされたのであろう」

「御用の一件、父は私には詳しく申しません。ですが、土佐入りは内命を受けてのこと、そのきっかけになったのが江戸藩邸への匿名の訴え状だそうです」

「匿名の訴え状とな」

「父は匿名の訴え状の紙にこそ不正の秘密が隠されているようなことを言うておられました」

「匿名の訴え状の紙にこそ不正の秘密があると伯父御が言われたのは、おそらく土佐半紙《とさばんし》のことだ、利次郎どの。土佐半紙は、漉《す》きに特徴があるでな、それがしが推測するに、匿名の訴え状は土佐一の扱う透かし半紙であったのではないか。この土佐一の透かし半紙は、一商人が占有して商売してよいものではないのだ。土佐藩の財産だ。それを近習家老の深浦帯刀様の庇護の下、土佐一は一手に扱い、巨額の利を得てきた。むろん利の一部は深浦様の懐に入っていよう。五台屋の漆も同様でな、広小路派と御用商人どもは久徳様を排斥して、再び藩の物産を占有しようと画策しておられるのだ」

「父はその探索に入られたのですね」

利次郎は念を押した。

「いかにもさよう、とは言い切れぬが、まず間違いなかろう。伯父御を襲った面々は、広小路組深浦様の意を汲《く》んだ家臣団だ。そいつを利次郎どの、そなたが斬った。それを町奉行佐野彦兵衛様支配下が捕縛した。こやつらの口から広小路組の活動が知れると、深浦帯刀様方も万事休す。そこで深浦様方は久徳様が設けられた漆会所に立て籠もり、最後の一戦を試みられるつもりではないか」

三人は武家地を抜けて、広小路に出ていた。その一角に大勢の人が集まっているのが見えた。大きな屋敷の前を藩士らが取り巻き、さらにその外を、晴れ着姿の町人たちが遠巻きにして見ていた。

「深浦帯刀様を頭分にする一統が広小路組と呼ばれる所以《ゆえん》だ」

真太郎が説明すると、

「紙問屋の土佐一も漆問屋の五台屋も茶問屋の掛川屋《かけがわや》も、町奉行か目付の役人衆が見張っていよう」

と言い添えた。

「父も叔父御も城に上がっておられるのは、なんのためですか」

「久徳直利様の藩政改革を支持して、深浦帯刀様一派の復権を許さぬためだ。鍵を握るのは執政《しっせい》佐久間《さくま》織部《おりべ》様だ」

「執政とは初めて聞く職階ですが、家老職のようなものですか」

「国家老の山内始《やまのうちはじめ》様はただ今、豊雍様のおわす江戸に出ておられる。この山内様のもとに数人の奉行職がいて執政を組織し、藩政全体に目を向けている。佐久間織部様は中老の家系、ただ今の執政団を率いておられる」

「鍵を握るとは、佐久間様は、久徳様の藩政改革にも、また深浦様の復権にも与《くみ》しておられぬのですか」

「豊雍様ご不在ゆえ、明らかな態度は表明しておられぬ。じゃが、伯父御が江戸より持ち込まれた深浦派の不正の書き付け、あるいは城中で調べられた帳簿、そして、その伯父御に刺客を差し向けたことなど証拠《あかし》が揃えば、いくら佐久間織部様とて、動かざるをえまい。それにわれらの手には、伯父御を襲うてそなたに斬られた三人の刺客がおる」

三人は再び歩き出した。

新春の陽光が大きく西に傾き、城を背後から照らしていた。ために天守閣が影になり、いかにも暗雲漂う雰囲気を漂わせていた。

「漆会所はどこにあるのですか」

「追手門の反対側、搦手門《からめてもん》内にある」

真太郎は言うと、利次郎と寛二郎の先に立ち、御堀端を西に向かった。

三人が搦手門に到着したとき、安永八年の正月一日は夕暮れを迎えようとしていた。そして、搦手門内の向こうに篝火が見えた。

真太郎は搦手門を守る藩士に挨拶すると、

「どうなっておる」

と訊いた。

「城中の決定を両派が待っておるで、膠着《こうちゃく》状態よ。広小路の主殿《あるじ》も最後の戦いと考えておられるゆえ、そう易々と矛を納められまい」

「うーむ」

と真太郎が呻いた。

「重富どの、血が流れようか」

と搦手門を守る藩士が訊いた。

「豊雍様在府の折り、それだけは避けたい」

「だが、説得だけでは広小路組は得心するまい」

真太郎は曖昧《あいまい》に頷くと、利次郎らに合図して篝火が焚《た》かれているほうへ向かった。

「漆会所があるということは、紙会所も茶会所も別にあるわけですか」

利次郎が訊いた。

「いや、三会所ひっくるめて漆会所と呼ばれている。広小路組にしてみたら、何年も前まで自分らが占有していた会所だ。下士上がりの久徳直利などに好き勝手にされてたまるかの思いがあるのであろうな」

三人は篝火の前に到着した。

「おお、参ったか。よし、近習目付の次男もおられるな。戦いになれば心強い味方よ」

とかつお会の村野敏種が利次郎を見て笑った。

村野の他にも五島忠志らの顔が見えた。さすがに緊張の様子で、ひっそりと門を閉ざした漆会所を囲んでいた。皆、鉢巻、襷掛《たすきが》けの戦仕度だ。中には鎖帷子《くさりかたびら》を着込んでいる者もいた。

「敏種、会所には広小路組がどれほど立て籠もっているのだ」

「深浦帯刀様に私淑する御馬廻組頭《おうままわりくみがしら》の東光寺無門《とうこうじむもん》様を頭に、四十人から五十人ほどが戦仕度で乗り込んできたそうで、正月気分の門番などはあっさりと外に追い出され、数人の警固藩士の組頭らが捕えられておる。矢倉門から会所の内部を見ると、表門と裏門に防御柵《さく》を拵《こしら》えて持久戦に持ち込むつもりだ」

「四、五十人か。籠城《ろうじよう》戦は、寄せ手が五倍から十倍は要するというのが、兵法の教えであろう。四倍から五倍の家臣団が攻め入ってみろ、間違いなく戦だぞ」

「真太郎、ここまできたら話し合いでの決着などあるまい」

「豊雍様ご不在の折り、厄介じゃな」

「そなた、あやつらを野放しにするというか」

「そうは申さぬ。戦いになっても、最小の流血で済ませたいと思うただけだ」

と真太郎が答えていた。

利次郎と寛二郎は、篝火の傍《そば》を離れて漆会所の周りを見回ることにした。漆会所の表門は七尺ほどの高さの白壁が取り囲み、その外には幅一間の疎水が流れていた。さらにぐるりと幅二間の小路が取り巻き、裏門の背後には城の森が鬱蒼《うつそう》と茂っていた。敷地は二千数百坪ほどか。

「寛二郎さん、立て籠もり派の頭分、御馬廻組頭の東光寺無門様とはどのようなお方ですか」

「よくは知りませんが、噂だといささか狷介《けんかい》な人物だそうな。ですが、剣は一刀流の麻田勘次先生のもとで修行を積み、麻田様も三本に一本はとられるという腕の持ち主ですよ。広小路組の一番の遣い手とみてよいでしょうね」

二人は漆会所の裏門に来ていた。

こちらでも篝火が焚かれて藩士たち二十人ほどが漆会所の監視にあたり、二人がそこへ歩み寄ろうとすると槍の穂先がきらりと光り、

「何奴《なにやつ》か」

と誰何《すいか》する声が響いた。

足を止めた寛二郎が額に手を翳して篝火を避け、

「重富寛二郎にござる」

と応じた。

「寛二郎か。おれだ、市原七郎だ」

とかつお会で利次郎が会った徒目付が応じた。

「ご苦労にございます」

「表はどうか」

「今のところ、こちらと同じく平穏にございます。すべては城中の決定次第」

「いかにもさよう。正月早々、夜を徹しての見張りになろう。ともあれ覚悟はできておる」

市原七郎の口調には、肚を据えた者の潔さがあった。

「市原様、両派がぶつかりあうことがございますか」

寛二郎が訊いた。

「近習目付の重富百太郎様が高知入りなされて、事は急に進んだ。広小路組は、自ら騒いで墓穴を掘っておる」

「利次郎さんが斬った三人が捕まったそうですね」

「おれも日向寺の捕り物には加わった。三人は地下《じげ》浪人《ろうにん》の出だ」

「久徳直利様も下士の出にございますそうな。なぜ地下浪人らは、久徳様の藩政改革に反対をなさるのですか」

利次郎は訊いてみた。

「利次郎どの、賛成反対ではないのだ。奴らは、土佐一ら広小路組の商人が配る金子が欲しいのだ。将来の藩政改革より目先の銭、それがただ今の土佐藩の現状じゃ。奴らのことを恨んではならぬ、半知借上げが十年余も続くこの有様を恨むことだ」

市原は婉曲《えんきょく》にご政道を批判した。

利次郎には高知に来て初めて知ることばかりだ。重富家の主家の山内家の財政がこれほど破綻《はたん》しているなど、江戸にいるときは考えもしないことだった。

「皮肉なことよ。私利私欲を貪《むさぼ》る深浦帯刀様と御用商人ら広小路組の武闘派には下士が多いわ」

市原七郎が言い、

「おお、そうだ」

となにかを思い出したように叫んだ。

「どうなさいました」

「寛二郎、漆会所の立て籠もり組の中に、稲葉安吉が加わっておるぞ」

えっ、と寛二郎が驚きの声を上げた。

「あやつ、広小路組の餌を食《は》んでおりましたか」

「われらも、これまで把握しておらなんだ」

「どうしたもので」

「寛二郎、われらの中にも、立て籠もり組の中に知り合いがおる者もいよう。じゃが、事がここまできたら、もはや個人の情は捨てねばならぬ。分かるな」

「はい」

「すべては城中の話し合いによる。厳しい鬩《せめ》ぎ合いが続いておろう」

市原七郎は、黒々とした森の向こうに聳える天守閣を見上げた。寛二郎も利次郎も父親たちのことを思って城を見た。

「寒さ避《よ》けだ、一杯飲んでいけ」

市原が、篝火の傍に抜かれた四斗樽から丼《どんぶり》に酒を注《つ》いで二人に渡した。

利次郎も寛二郎も酒より腹が減っていた。朝餉を食して以後、なにも口にしていない。だが、市原の好意を拒む気はなかった。

「頂戴します」

二人が丼の酒を飲み干すと、市原が、

「もう一杯飲んでいくか」

と言った。

「もう十分にございます」

利次郎は言うと、裏門から表門へと歩き出した。

篝火の灯りがだんだんと薄くなり、漆会所の裏道は闇に沈んだ。

「空きっ腹に酒が効く」

と寛二郎が呟く。そして、

「稲葉安吉め、もそっと考えればよいものを」

と同年齢の剣術仲間の行く末を案じた。

「どうにも手の打ちようはありませんか、寛二郎さん」

「市原様の答えがすべてですよ。一旦事を起こしたからには、稲葉安吉はその考えに殉ずるしかない。とくに下士には厳しい運命が待ちうけているでしょう」

二人は漆会所の角に差しかかっていた。

会所内の塀の内側に人の気配がした。櫓《やぐら》でも組まれたか、三つの影が外側の利次郎らを見下ろした。そして提灯が突き出され、二人の体を浮かび上がらせた。

「稲葉」

と寛二郎が声を発した。

利次郎が竹刀を交えた稲葉安吉の暗い眼が、三人の真ん中にあった。仲間の二人が半弓を構えて利次郎と寛二郎を狙った。
三、四間とない至近距離で外すわけもない。
利次郎は稲葉安吉を睨んだ。安吉も利次郎を睨み返し、

「真剣ならば負けぬ」

と言い放った。

「機会があれば」

「今宵にもある」

稲葉安吉の挑戦に利次郎は大きく頷いた。すると稲葉が左右の仲間の半弓を両手で押さえて動きを止めた。

「去《い》ね」

それが稲葉安吉の最後の言葉だった。

二

高知城は享保十二年（一七二七）の城下火災により、追手門、西門、北櫓を残して全焼した。その後、延享《えんきょう》二年（一七四五）に二の丸、寛延《かんえん》二年（一七四九）に天守閣を含めた本丸、さらには宝暦三年（一七五三）に三の丸が再建され、利次郎らが仰ぎ見る西国屈指の端正な姿が戻ったのだ。

その城中で両派が必死の鬩ぎ合いを続けていた。

夜半、漆会所を囲む藩士に、炊き出しの握り飯と味噌汁が供された。

寛二郎が二つ目の握り飯を頬張《ほおば》りながら、

「利次郎さん、よかったな。腹を減らしたまま元日の夜を過ごすのかと思うた」

と真顔で言いかけた。

「いや、それがしも同様、えらい年明けだぞ、と腹の中でぶつぶつ文句を言っていたところです」

と苦笑いした。

最前から姿を見せなかった真太郎が二人のところにやってきた。篝火に浮かぶ御槍奉行職の嫡男の顔は険しかった。

「城中の様子を見に行ってきたが、両派とも譲らず、大書院で激しい議論が闘わされているそうだ。百太郎伯父御も奮戦しておられるようだが、なにしろ深浦帯刀様の抵抗が激しく、攻めきれずにおられる」

「深浦様と土佐一ら御用商人が組んで、領内の漆、茶、紙を上方に横流ししている不正を突き付けても、深浦様方は白旗を上げられぬのか」

と弟の寛二郎が苛立《いらだ》って問うた。

「昔からの取引きにござれば、藩の専売制の決まりの外のこと、とぬけぬけと言い抜けられているそうな」

「執政の佐久間織部様は動かぬのか、兄者」

「沈黙を続けて両派の議論を見守っておられるとか」

「真太郎どの、議論の場に久徳直利様は同席しておられるのですか」

豊雍に抜擢され、藩政改革を推進する下士の出の能吏《のうり》が、その改革を議論する対立の場にいるかどうか、利次郎は気になった。

「いや、分家を糾弾する場には姿を見せておられぬとか」

「豊雍様の全幅の信頼を得た久徳様でも、下士の出という理由で大事な場に出られぬのですか」

「いや、出られぬことはない。だが、久徳様自身はこの騒ぎから距離を置き、成り行きを見詰めておられるのであろう。そこが下士の出の苦しいところでな」

と真太郎が答えたとき、漆会所の中から、

「わあっ！」

と歓声が上がった。城中の形勢がなんらかのかたちで伝えられたのか、喜びを含んでの歓声だった。

三人は漆会所を振り返った。

漆会所の四隅に即席の櫓が組まれ、槍を持った広小路組の下士たちがこちらの様子を見ていた。また会所の内部でも最前までなかった篝火が焚かれ、漆会所の屋根を赤々と夜空に浮かばせていた。

「真太郎どの、父は大書院にいるのですね」

「おられる。百太郎様、町奉行佐野様、目付の深作逸三郎様方は、なんとしても二日の朝まで騒ぎを持ち越したくはないと、戦っておられる」

「朝が明けると、なんぞ広小路組に有利になる話があるのですか」

「広小路組の戦闘員の中心は下士じゃ。在郷の下士が城下の異変を聞き付けて槍弓を手に城下に押し寄せ、漆会所の面々と合流することが考えられる。そうなれば、広小路組が一気に勢い付く」

「兄者、不正は明らかなのだ。なぜ一気に深浦帯刀様を取り締まれぬ」

「おそらく佐久間織部様方執政団は、後世に憂いを残さぬために、両派が力勝負で激突することをなんとしても避けたい、話し合いでかたをつけたいと思うておられるのであろうな」

「だが、深浦様はご承知なされぬ」

「いかにも」

兄弟の議論も堂々巡りをしていた。

利次郎は従兄弟らの話を聞きながら必死で考えていた。このような場合、

（磐音様ならどう出られるか）

ということだった。おそらく耐えて待たれるであろう。その辛抱が、不正を糾

弾する百太郎らにも会所を囲む面々にも大事なこと、と利次郎は思った。

藩政改革の途次にある山内家が百年の禍根《かこん》を残さぬための時間だった。そして、いつかは、

「転機」

が訪れる。それを見逃さないことだ。

ゆるゆるとした緊張の時が流れ、刻一刻と夜明けが近付いていた。

夜が明ければ、土佐領内のあちらこちらから下士が城下に駆け付ける。となれば、土佐藩を二分しての大戦となろう。幕府の耳目に触れるような大騒ぎだけは避けたい、それが土佐藩の願いでもあった。

「四半刻（三十分）もすると夜が明ける」

と寛二郎が呟いたとき、城中からどよめきにも似た悲鳴が上がり、
どんどんどーん！

と太鼓が乱打された。

「交渉は決裂じゃ」

という声が利次郎の周りから上がり、一気に緊迫が高まった。

その情勢の変化は漆会所の立て籠もり組にも伝わり、慌ただしい足音が響き、

四隅の櫓の見張りが緊張を孕んで戦闘態勢に入ったのが分かった。

表門の警固の藩士らも漆会所への突撃態勢を固めたところに、城中から議論の場にあった家臣らが駆け付けてきた。その中に深作逸三郎の姿もあった。

深作は漆会所に立て籠もる広小路組の面々に聞こえるように、大声を張り上げた。

「各々方、久徳直利様が大書院に入られ、江戸の豊雍様のお気持ちを伝えられた。そこで執政の佐久間織部様が動かれ、一気に形勢不利と見た深浦帯刀様方は城外に逃れようとなされたが、執政佐久間織部様の支配下に捕われ申した」

深作は一拍置いて、さらに宣告した。

「すでに事は決した。漆会所の広小路組の面々にもの申す。剣槍《けんそう》を納めて、扉を開かれよ！」

漆会所の内部は森閑とした沈黙を続けていたが、表門の横手の塀に梯子《はしご》でも掛けたか、大兵《だいひょう》が姿を見せた。

「御馬廻組頭東光寺無門どのだ」

という声が藩士の間から洩れた。

「われら、深浦帯刀様を信奉する広小路組は、城中の決裁に得心いたさぬ。われら広小路組、土佐藩下士の胸中に長年の怨念《おんねん》これあり、最後の一兵まで戦いぬく覚悟。さよう心得られよ！」

「東光寺無門、小監察深作逸三郎である。そのほうらの行為、山内豊雍様および土佐藩に弓を引く所業である。直ちに矛を納めて恭順の意を表せ」

「すでに戦端は開かれた」

東光寺無門のかたわらから会所の外へ、二つ、三つと大きな塊が投げ出された。

「ああっ」

という悲鳴が門前を警固する藩士らから上がった。

「前田《まえだ》三之助《さんのすけ》どのらの亡骸《なきがら》じゃぞ！」

三つの塊と見えたものは、漆会所を守っていた警固藩士、組頭らの亡骸だった。

「おのれ、東光寺無門、抵抗なき者を殺害いたしたか。おのれらの運命は定まったわ。謀反《むほん》の罪、承知であろうな！」

深作の叫びに東光寺無門の姿が消え、投げ落とされた亡骸が片付けられた。

城中からさらに後続の藩士らが漆会所の前に詰めかけてきた。その中に、執政佐久間織部の書状を持参した使者がいた。

若侍は緊張の面持ちで表門に立ち、

「漆会所に立て籠もりし一統に告ぐ。それがし、執政佐久間織部様の代人野村小三郎《のむらこさぶろう》にござる。そのほうらの行い、土佐藩家中法度に反しおることこれ明白なり。即刻刀槍弓を捨て門扉を開き、恭順せしことこそ、土佐藩士の取るべき態度にござ候」

と告知した。

だが、漆会所の中から応答はなく、代わりに矢が何本も取り囲む藩士らに向かって放たれた。

「致し方なか。予《かね》てよりの打ち合わせどおり、表門、裏門、さらに塀三か所の梯子組、同時に突入いたす！」

深作逸三郎が、立て籠もった広小路組への総攻撃に移ることを宣告した。

漆会所の前は一気に緊張が高まり、藩士らが所定の場所に走り、裏門への連絡に飛び出していった。

漆会所立て籠もり組に対し、土佐藩の攻撃部隊はおよそ二百余人であった。

「待て、待たれよ」

城中から新たに上役らが表門に姿を見せた。その中に継裃《つぎかみしも》姿の一刀流麻田勘次がいて、

「佐久間織部様、自ら出張《でば》られたぞ」

と深作に告げた。

執政佐久間織部が広小路組の制圧に乗り出した。これで明白に、漆会所に籠もった行動が土佐藩に反したものとなった。

「立て籠もり組をなるべく穏便に取り押さえたいが、なんぞ知恵はないか」

佐久間の言葉に麻田勘次が、

「佐久間様、立て籠もり組の頭分はそれがしの弟子にござれば、東光寺無門と直《じか》に話がしとうござる。この儀、お許し願えませぬか」

しばし沈思した佐久間が、

「さし許す」

と応じた。

「麻田先生、独りで漆会所に入られますか」

と深作が気にした。

「大勢で参れば東光寺も興奮いたそう。双方がいきり立って戦いになれば、死傷者も多く出よう。殿ご不在の折り、なんとか避けたい」

麻田の気持ちはその場の全員の気持ちを代弁していた。

「見届け人がいるな」

と答えた麻田が周りの家中の顔を眺めていたが、

「重富利次郎どの、それがしに従うてはくれぬか。そなたはそれがしの、江戸佐々木道場の弟弟子である。それがしになんぞあれば、そなたがそれがしの亡骸を門外に運び出されよ」

と命じた。

「承知いたしました」

と即座に利次郎は畏まった。

麻田勘次は立て籠もり組の長、東光寺無門の剣の師であった。そこで麻田は家中の者より江戸佐々木道場の弟弟子を伴い、なんぞあっても剣術の師弟の中で事を済ませようと考えたようだった。

利次郎は羽織を脱いだ。すると父親の百太郎がかたわらに来て、

「麻田先生の付き添い、見事務めよ。万が一そなたが斃れしときは、父が骨を拾って遣わす」

と羽織を受け取った。

「お願いいたします」

百太郎に答えた利次郎は、

「麻田先生、お供つかまつります」

麻田勘次は表門の警固の藩士をすべて後方に下がらせた。そして、継裃に大小を差した姿で漆会所の表門に向かい、利次郎も従った。

表門の左右の塀の上から十人ほどの人影が顔を覗かせていた。

麻田は塀の上の立て籠もり組に向かい、

「それがし、一刀流麻田勘次でござる。立て籠もり組の東光寺無門はそれがしの門弟、師弟だけで話がしたい」

と朗々たる声で宣告した。

塀の上の一人が姿を消し、長いこと麻田勘次と利次郎は待たされた。そして、ぎいっという音とともに通用口が開き、

「麻田先生お一人、入られよ」

という声が応じた。

「伴うた者は土佐の人間ではない。江戸神保小路直心影流佐々木玲圓道場の弟弟子、談合の見届け人として連れて参る」

麻田勘次がきっぱり言い切ると、また通用口が閉じられたが、今度はすぐに開

かれ、二人は通用口を潜った。

利次郎は、何十人もの立て籠もり組の面々が抜き身や槍の穂先を煌めかせて玄関前に参集しているのを見た。

式台の上に床几《しょうぎ》を置いて巨漢が腰を下ろしていた。

東光寺無門だ。

麻田が石畳の上を進み、利次郎も従った。五体が緊張に強張《こわば》り、心臓がぱくぱくと音を立てているのが聞こえた、いや、聞こえる気がした。

麻田勘次が式台から三間ほど前で足を止めた。

「無門、事は決した。潔く執政佐久間織部様の指図に従え。それが藩主豊雍様のお気持ちである」

「麻田どの」

東光寺無門が師をこう呼んだ。つまり、師弟の絆を弟子のほうから拒んだことになる。

「それがし、こたびの一件、深浦帯刀様のお考えに賛同いたし、命を賭《と》して従い申した。事は決しておりませぬ」

「あくまで戦うと申すか」

「言うまでもなきこと」

「双方衆を頼んで戦えば、大勢の怪我人も出よう。さすれば土佐藩に百年の禍根を残す。土佐藩家中の下士にも大きな影響を留めることになる。そなたにその権限なく、また責めも負えまい。この期に及んでそなたにできることは、師の手でその首を落とされることのみ」

「おのれ！」

床几から東光寺無門が立ち上がり、

「麻田勘次がなんじゃ。この東光寺無門が成敗してくれん！」

と叫ぶと式台から飛び降りた。

陣羽織を着た巨漢はなぜか烏帽子《えぼし》を被っていた。そのせいで、東光寺無門は背丈七尺を超えているように思えた。

麻田勘次が継裃の前をはねるとその端を腰帯に差し込んだ。

東光寺が刃渡り二尺八寸は超えていそうな豪刀を抜いた。すると石畳の左右にいた一統が一斉に刀を抜き連れた。

それをじろりと見た麻田が静かに腰の一剣を抜き、正眼に構えた。

利次郎も刀の柄に手をかけ、東光寺以外の者が参戦することを阻止しようと牽制の構えを見せた。

「そのほうら、引け」

と東光寺が一喝した。

「はっ」

と立て籠もり組の大半が東光寺の命に従ったが、一人だけ利次郎に切っ先を向けた者がいた。

稲葉安吉だ。

「稲葉どの、刃を引かれよ。東光寺どのも命じておられる」

「江戸の人間に高知下士の苦しみが分かるか」

と叫んだ稲葉がするすると利次郎に突進してきた。

「ご免」

と麻田勘次に叫んだ利次郎が稲葉の前に出た。ねばりつくような視線が燃えて稲葉の剣が閃《ひらめ》き、利次郎が抜いた堀川国広がそれを、
ちゃりん
と弾いて火花が散った。

麻田勘次と東光寺の戦いを前に前哨戦《ぜんしょうせん》が行われることになった。

表門の外が刃《やいば》のぶつかりあう音を聞いて騒がしくなり、表門が外からゆさゆさと押された。
利次郎は国広を正眼にとり、稲葉安吉は小柄な体の上に剣を突き出すように構えて両足を前後に踏み替え、利次郎に間合いを計らせないようにした。
東光寺無門と麻田勘次は睨み合いながら、前哨戦をちらりちらりと観察していた。そして、二人ともに同じことを考えていた。利次郎と稲葉の戦いに決着がついたとき、大将同士の戦いが始まることを。
表門が外からの圧力に押されて開かれ、漆会所を囲んでいた藩士らが雪崩《なだ》れ込んできて、戦いに目を留めた。
稲葉の腰が沈み、沈んだ姿勢で突っ込んできた。そして、不動の利次郎の前で伸びあがるように体を立てると、頭上の剣を袈裟懸《けさが》けに振り下ろした。
利次郎は伸びあがってくる稲葉安吉の喉元を狙って正眼の剣を伸ばした。両の腕が長いせいで、
ぐいっ
と国広の切っ先が伸び、袈裟にくる刃より一瞬早く、
ぱあっ

と喉を斬り割った。

血飛沫《ちしぶき》が上がり、小さな体がきりきり舞いに石畳に落ちた。

その瞬間、東光寺無門が間合いを詰めて走り出し、豪剣が師の麻田勘次に向かって雪崩れるように振り下ろされた。

麻田もするすると踏み込んで自ら間合いを詰め、東光寺の手首を襲った。

利次郎は、戦いのすぐ近くから、麻田の体が谷川を流れ落ちる水のように滑って東光寺の手首を斬り放つと、さらに巨体の横を旋風《つむじかぜ》のように過ぎ去ったことを見ていた。

「うっ」

と東光寺の巨体が竦み、手から豪剣が落ちそうになったが、片手でなんとか保持して、
くるり
と反転すると、

「まだまだ」

と叫んだ。

麻田もまたすでに体勢を整え、正眼に戻した剣を脇構えに流しながら踏み込ん

だ。

「東光寺無門、成敗してくれん！」

叫びと同時に両者が再びぶつかりあった。だが、すでに勝敗は決していた。片手殴りの東光寺の剣を掻《か》い潜《くぐ》った麻田勘次の刃が、巨体の腹部から胸部を深々と撫で斬っていた。

東光寺は斬られた姿勢でじいっと竦んでいたが、ゆっくり、ゆっくりと巨木が倒れるように崩れ落ちていった。

「わあっ！」

という歓声が漆会所を取り囲んだ家中から湧き上がり、騒ぎが終息した。

「利次郎」

という父の声に、利次郎は未だ抜き身を下げていたことに気付かされた。百太郎は利次郎と稲葉の戦いを見ていたか、懐紙を差し出しながら小さな声で、

「見事な立ち合いであった」

と褒めた。

利次郎は父に頷き返すと、懐紙で堀川国広の血糊《ちのり》を拭った。

三

江戸の神保小路にある尚武館道場では、いつになく静かな三が日を終えた。そして、正月四日の早朝、大きな風呂敷包みを自ら背負った井筒遼次郎が尚武館の住み込み門弟として長屋に入り、朝稽古に出た。

小田平助の指導のもと、槍折れの振り込み稽古に加わった遼次郎を磐音が迎えた。

「遼次郎どの、おめでとうございる」

「若先生、本日より井筒遼次郎、住み込み門弟として世話になります。朝稽古が終わったあと、玲圓先生と磐音先生には改めて挨拶に伺います」

と言うと振り込み稽古に戻った。

四日目、江戸城恒例のご一門、譜代《ふだい》大名衆、直参旗本衆の御礼登城も終わり、住み込み門弟らも半分以上が尚武館に戻って稽古に加わっていた。

だが、四半刻ほどの振り込み稽古についていけず、次々に脱落する者もいた。屋敷に戻った面々で、正月くらいと怠惰の暮らしをしてきた報いだった。

小田平助が、

「床にごろごろへたり込まれちょる。どもならん」

と稽古の終わりを告げた。

そのとき小田の前に立っていたのは、磐音と数人の門弟だけであった。その中に井筒遼次郎もいた。途中から加わったとはいえ、厳しくも軽快な槍折れの振り込み稽古に最後まで付いてこられたのは、屋敷で稽古をしてきた賜物《たまもの》だろう。

「遼次郎どの、よう頑張られた」

「私、途中からの参加にございます」

頷いた磐音が、床にへばって両足を投げ出していた田丸輝信に、

「いかがなされた。屋敷で正月の餅を食べ過ぎたか」

と声をかけると、慌てて姿勢を正した田丸が、

「三が日、稽古をおろそかにしただけでこうも息が上がるとは、思いもしませんでした」

と悔いた表情をした。

「三日怠けた報いを取り戻すには十日はかかろう。具足開きの日まで体を絞っておかれよ」

磐音に命じられた途中脱落組が、

「はっ」

と畏まった。

磐音は遼次郎を相手に打ち込み稽古をした。

一年の尚武館住み込みを終えた後、豊後関前に戻り、坂崎家に養子に入ることが決まっている遼次郎だ。

坂崎家の嫡男である磐音には、この遼次郎を、豊後関前藩の国家老職坂崎家の跡取りとしてしっかりと育てる義務があった。

それだけに、正月早々の打ち込み稽古はふだんになく厳しかった。だが、遼次郎も自らそのことを覚悟して稽古を積んできたらしく、打たれても転がされても粘り強く磐音に挑みかかり、音《ね》を上げることはなかった。

磐音は遼次郎の尚武館入門のこの歳月が無駄ではなかったと、心密かに思いながら、

「遼次郎どの、これまで」

と竹刀を引いた。

「ご指導有難うございました」

と声を張り上げ、頭を下げた遼次郎の体がよろめいたが、すぐに体勢を整え直した。

「遼次郎どの、正月も屋敷で稽古を積まれたか」

「はい。年の暮れ、関前から籐子《とうご》慈助《じすけ》ら三人の若手が江戸藩邸に上がって参りまして、道場で彼らと関前の話をしながら稽古に励みました」

「籐子慈助どのとな。兄者は御徒組の勇一郎《ゆういちろう》どのか」

「はい。尚武館に三人を呼んでございます。ご引見願えますか」

いつの間にか、高床の隅に三人の若侍が座して稽古を熱心に見ていた。

「遼次郎どの、これに呼ばれよ」

遼次郎が豊後関前藩の若手組の三人を見所下に呼んできた。三人は緊張の面持ちで床に座し、

「それがし、豊後関前藩籐子慈助にございます」

「同じく磯村海蔵《いそむらかいぞう》」

「同じく田神紋次郎《たがみもんじろう》にございます」

と挨拶した。

磐音とは歳の差があり、顔に覚えがない。なにより磐音は国家老坂崎正睦《まさよし》の嫡

男であり、江戸有数の剣道場尚武館の後継だ。籐子らは豊後関前藩の下士身分、緊張することばかりだった。

「そなたら、城下ではどちらで剣術修行をなされたな」

「神伝一刀《しんでんいっとう》流中戸道場で学びました」

「それがしの弟弟子ではないか」

「はい」

磯村海蔵が嬉しそうに答えた。

「中戸信継先生はご壮健かな」

「歳は取られましたがお元気にて、道場に姿を見せられます」

「それはよいことを聞き申した」

「磐音様、中戸先生より書状を預かってきております」

籐子慈助が懐から薄い書状を出した。

「拝見してよいか」

恩師の文を披くと筆勢が弱く、かろうじて判読できる文字で、

「ささきいわねどの　じすけ、かいぞう、もんじろうがことよろしくたのむ、たのむ」

と短い文面であった。

中戸信継は先年病に倒れ、体が利かなくなっていた。にもかかわらず、江戸に出る若い門弟のために必死でかな文字だけの文を認《したた》める師の姿が脳裏に浮かび、思わず磐音の瞼《まぶた》が熱くなった。が、平静を保ち、文を再読すると、丁寧に折り戻した。

「籐子どの、磯村どの、田神どの、尚武館での稽古を願うておられるか」

「はい」

と三人が口を揃え、籐子が、

「われら、尚武館の入門を楽しみに江戸に参りました」

「稽古着はお持ちか」

「えっ、本日から稽古を許していただけるのですか」

と磯村が驚きの顔をした。

「若先生、稽古着は持参してわが長屋においてあります」

遼次郎が応じて、

「ならば稽古着に着替えてこられよ」

と磐音が三人に命じた。

「遼次郎どの、三人の力はどの程度か」

「私とほぼ同等です」

三人が稽古着に着替えて、竹刀を手に道場に姿を見せた。この刻限、尚武館にはおよそ七、八十人の門弟が集まり、それぞれ稽古に励んでいた。

「遼次郎さん、さすがに尚武館、大勢の門弟衆じゃな」

と籐子が気後れしたように遼次郎に言った。

「慈助どの、三が日明けゆえ、いつもの三割方かな。毎日一時《いちどき》に二百人以上の方々が稽古に励んで、それは見物じゃぞ」

「に、二百人」

驚く籐子に磐音が、

「そなたの兄者は、中戸道場で面打ちの勇一郎と呼ばれ、飛び込み面を得意としておられた。兄者の血が伝わっておるかどうか見てみよう」

「えっ、磐音先生が稽古をつけてくださるので」

籐子家は山廻り方四十二石を世襲していた。山歩きで足腰を鍛えた勇一郎は粘り強く相手の攻めを跳ね返し、相手が疲れたとみるや飛び込み面で仕留める技を練り上げていた。

磐音は籐子の構えを見たとき、中戸信継の老いを察した。十年昔ならば、籐子のこのような構えは許さなかったであろう。遼次郎が、

「私とほぼ同等です」

と答えたのは、謙遜を含めてか。遼次郎が尚武館に入門した頃の力と同等と言ったのであろうと考え直した。

「籐子どの、右手人差しを鍔《つば》につけてはならぬ。また、左手の小指が柄頭にかかってもならぬ」

磐音は直心影流の手之内を、籐子の握りを例に入門希望者に教えた。もはや力のほどは察しがついた。だが、恩師の気持ちを汲んで三人と打ち込み稽古をなした。その上で、

「改めてそなたらに訊く。尚武館への入門を望まれるか」

「お願い申します」

「ならばまず初心組に加わり、直心影流の基本のかたちを身に付けられよ。宜しいか」

はっ、と畏まった籐子慈助らだが、すぐにも他の門弟衆と打ち込み稽古ができると思っていたのだろう、思惑が違ったという表情を見せた。

「慈助どの、海蔵どの、紋次郎どの、それがしも初心組にて徹底的に直心影流のかたちを五体に叩き込まれました。たれもが通る道です。これを怠ると、後々の技量の伸びはございませんぞ」

藩の重臣の倅に諭すように言われて、

「遼次郎様も初心組から始められましたか」

「はい。十三、四の少年らに混じって半年以上も指導を受けました」

と遼次郎の正直な言葉に自分たちの実力を知ったか、籐子らが顔を見合わせ、頷き合うと改めて磐音に、

「お願い申します」

と床に平伏して願った。

「遼次郎どの、依田師範にそなたから願うとよい」

と三人を遼次郎に託すると、磐音は指導に戻った。

この日、朝稽古の最後を告げる若手組の総当たり戦が終わりを告げようとした刻限、五人の武芸者が尚武館に、

「一手指南を」

と願い出た。

江都有数の道場とその武名が定まった尚武館には、三日にあげず腕自慢の武芸者が訪れた。

玲圓はすでに母屋に引き上げていたが、応対した霧子が首を傾《かし》げながら磐音に告げた。

「霧子、なんぞ訝《いぶか》しい御仁らか」

「礼儀正しいのですが、どことなく腹に一物ありそうな五人組でございます」

と答える霧子に磐音が、お通しせよと許しを与えた。

諸国回遊の最中に江戸に立ち寄ったか、旅仕度ではないが五人とも陽に焼けていた。中の一人の巨漢は棒術が得意か、六尺五寸余の棒を携帯していた。

「佐々木磐音にございます」

磐音の言葉に一礼した五人組の一人が、

「玲圓先生はおられぬか」

「養父《ちち》はすでに道場を下がっておりますが、なんぞ御用ですか」

「佐々木玲圓どのがおられるなれば、一手指南を願おうと思うたまでにござる」

「お手前方は」

「われら、西国のさる大名家領内にて武術修行に励んだ者。それがし、一統の長、円明流《えんめい》伊《い》皿子《さらご》風也《ふうや》にござる」

「立ち合いを所望か」

「玲圓先生と願いたい」

「尚武館には仕来りがございましてな、いきなり養父とはいき申さぬ」

「ならば、そなたか」

と伊皿子が迫った。

「門弟が立ち合うた後、要あらばそれがしがお相手いたします」

伊皿子が、

「勝太《しょうた》、一番手を務めよ」

と仲間の一人に命じた。すると棒を小脇に抱えていた若い武芸者が、

「おうっ」

と叫ぶと道場の中央に出ていった。

そのとき、道場には総当たり戦を終えた若手組が二十数人、総当たり戦の手助けをしていた依田ら、四、五十人ほどが残っていた。

「若先生、門番のそれがしに先手を務めさせてくれんやろか」

と小田平助が磐音に願い出た。客分格の小田が出るほどの相手かと迷ったが、

小田にはこの五人組の名を承知の様子があった。

「お願い申します」

磐音が許し、小田平助が飄々とした挙動で自らの槍折れを携え、若い武芸者の前に出ていった。

元師範の依田鐘四郎が磐音に目顔で審判を務める許しを得ようとした。

磐音は顎を横に振り、この場は小田平助に任せよと応じていた。すると鐘四郎が磐音のかたわらに立った。

「尚武館門番の小田平助たい」

と小田が名乗ると、

「なにっ、槍折れの小田平助か」

と伊皿子風也が驚きの声を上げた。

「いかにも、尚武館の門番に雇われたもんたいね。おぬしら、こんたびはだいに雇われたな」

と尋ねたものだ。

「雇われたなどと聞き苦しい。われら、諸国回遊の武芸者にござるわ」

「こん小田平助にはそん言葉は通用せんたいね。おぬしらの悪名、あちらこちらで聞いたたいね。金で雇われてくさ、道場破りやら強請《ゆすり》まがいのことば重ねとろうが」

「おのれ」

と若い棒術の勝太がいきり立った。

「図星やったね。流儀と名前ば名乗らんね。小田平助が力ば見ちゃるけん」

「無比《むひ》流棒術鐘貝《かねがい》勝太」

「吉見《よしみ》先生の弟子ね」

槍折れと棒が間合い二間で構え合った。

「これは」

と鐘四郎が声を洩らした。

「格が違います」

「小田平助どの、なかなかの御仁にございますな」

「師範、尚武館には得難き人物です」

六尺を優に超える鐘貝勝太が、両手に持った棒を突き出しながら小田平助の小柄な体を威圧しようとした。だが、突き出される棒を槍折れの先でちょんちょんと払い、平然としたものだ。

若い鐘貝がさらにいきり立った。突きから払い、さらには殴り付けと、大力に任せて連続して仕掛ける攻めを、ちょんちょん、ひょいひょいと躱して、

「おぬし、吉見先生の弟子じゃなかろ」

と言い放ったものだ。

「許さぬ」

と鐘貝勝太が片手に握った赤樫の棒を大上段から振り下ろすところ、すいっと相手の懐に入った小田平助の槍折れの先端が鐘貝の鳩尾《みぞおち》に突き立てられ、巨漢は両足を虚空に高々と上げると、後ろに何間もふっ飛ばされて悶絶《もんぜつ》した。

「次はだいね」

静寂に落ちた尚武館に小田平助の声が流れた。

「わしがいく」

五人組の副将格と思える老練の武芸者が木刀を手に立ち上がった。

「あんたはだれな」

「円明流戸針熊太夫《とばりくまだゆう》」

「おお、あんたが久住《くじゆう》の山ん中で大熊を木刀で殴り殺した戸針熊太夫な。そん噂がほんまか嘘か、小田平助がみちゃろ」

木刀と槍折れ、一瞬の睨み合いの後、戸針熊太夫が先に仕掛けた。小田平助が両手に保持した槍折れの先を体の前に流す格好を見て、一気に踏み込んだ。

「よし」

槍折れの内懐に入り込んだ戸針の、径が太く、従って重い木刀が小田平助の額を殴り付けようとした直前、体の前に流されていた槍折れが横手に流れ、戸針熊太夫の脛《すね》を払った。

ぼきん

と不気味な音がして戸針の脛の骨が砕かれ、横手に転がされた。

「次はだれね」

と小田平助の沈んだ声が催促した。

伊皿子風也ら三人から即答はなかった。

「もはや形勢はついており申す。正月松の内のこと、尚武館の力を確かめるには十分でござろう」

と磐音が言い、

「小田平助どの、ご苦労にござった」

「若先生、ちいと節介ばし申した」

と小田が詫びて、伊皿子風也らが二人の敗北者の体を抱えて尚武館から姿を消した。

「遼次郎様、あのお方が尚武館の門番ですか」

と籐子慈助が遼次郎に訊いた。

「尚武館の長屋に住もうて門番の季助爺を手伝うと申されておられるので、門番といえば門番」

「尚武館とは、えらいところじゃぞ」

籐子が二人の仲間に言った。

磐音は霧子の姿が消えていることを確かめ、

「籐子どの方、尚武館の朝昼を兼ねた飯を、遼次郎どのと食べていかれよ」

と声をかけた。

四

霧子が尚武館に戻ってきたのは、その日の夜半前のことだった。

磐音は離れ屋に下がっていたが、おこんからそのことを知らされて霧子を離れ屋に呼んだ。そして、おこんに夕餉の膳を用意するよう頼んだ。

「霧子、ご苦労であったな」

「あれこれとございまして、遅くなりました」

「怪我人は医師のもとに連れていかれたか」

「それがすぐには」

と答える霧子に、おこんが温《ぬる》めの茶と茶通《ちゃつう》を運んできて、

「磐音様、まずは霧子さんにひと休みさせてくださいませ」

と願った。

「おお、いかにもさようであった」

茶を喫し、茶通を食してようやく人心地ついた表情を見せた霧子が、

「おこん様、有難うございました」

と礼を述べると、改めて磐音に向き直った。

「あの者たちは、神保小路の出口で運よく通りかかった駕籠に、脛を砕かれた戸針熊太夫を乗せ、ゆっくりと、旅籠町《はたごちょう》の裏路地にある岩屋と申す木賃宿《きちんやど》に戻りました。その後、仲間が戸針の脛の治療をしたようで悲鳴が聞こえ、旅籠の台所で仲間の一人が添え木を削ったりしておりました」

「仲間思いではないか。それにしても素人治療《しろうと》では治るものも治るまい」

「陽が落ちた刻限、伊皿子風也が一人旅籠を出まして、日本橋川の木更津河岸《きさらづがし》に向かい、何者かを待つ風情にございました。私がうっかりと、伊皿子が使いを立てたのを見逃したのかもしれません」

「そうではあるまい。最初から手筈《てはず》が決まっていたのであろう」

磐音の言葉に霧子がかるく頷き、

「ともあれ、たれかと落ち合う様子にございました。伊皿子が木更津河岸に到着したのは六つ半（午後七時）前、それから一刻半（三時間）ほど伊皿子は何者かを待ち続け、ようやく四つ（午後十時）の時鐘が鳴る頃合い、障子を締め切った屋形船が日本橋の方角からゆっくりと下ってきまして、江戸橋の暗がりに止まりました。伊皿子がその屋形船に歩み寄りましたので、川に出られると厄介なと少々慌てました。ですが、屋形船は橋下の暗がりに止まったまま、伊皿子だけを乗せると、印半纏《しるしばんてん》を着た船頭衆が屋形船を舫って遠ざけられました。そこで私は闇を利して近付けるところまで近付きました。伊皿子が会った相手は嗄《しわが》れ声の年寄りで、伊皿子らの不首尾を怒っている様子が窺えました。伊皿子は、今一度機会をと願っておりましたが、相手は冷たく、役立たずめがと突き放した言い方で、何枚かの小判でも放り投げた音が聞こえてきました。その折り、抗弁した伊皿子に、意知《おきとも》様は失態には厳しいお方、と年寄りの声が不用意に洩らしたのでございます」

「田沼意次様ご嫡男の意知様が雇い人であったか」

「意知様の意を汲み、二谷乙右衛門《にたにおつえもん》なる用人が動いてのことと、途切れ途切れに耳に入る話から推測がつきました」

「田沼様父子の妄念にも困ったものよ。江戸の事情を知らぬ旅の武芸者を雇い、尚武館に送り込んでなにをいたそうという所存か。分からぬ」

と磐音が首を捻った。

霧子は頷き返すと、

「伊皿子はなにがしかの金子をもらい、屋形船を下りました。私、屋形船にするか伊皿子を尾行《つけ》るか迷いましたが、伊皿子を選びました」

「それでよかった。霧子、軽々しく老中の屋敷に近付いてはならぬ」

はい、と答えた霧子が、

「旅籠町に戻った伊皿子に動きがあるとは思いませんでしたが、なんと戸針熊太夫一人を旅籠に残して四人は江戸を離れるらしく、裏口からさっと抜け出ると、日本橋から東海道を品川へ向かって消えました。戸針は骨折が直ったらどこぞで合流することが話し合われているのか、見捨てられたのか、いささか判断に苦しむところです。明朝、岩屋に戻ってみます」

「ご苦労であったな、霧子」

その言葉を察知したようにおこんが離れ屋に姿を見せて、

「汁が温まったところです。ささっ、膳が母屋の台所に待ってますよ、霧子さん」

と霧子を離れ屋から連れていった。

翌朝、稽古の合間に小田平助と二人だけになった折り、霧子からの報告を小田に告げた。

「若先生、伊皿子風也が江戸を離れたと言われると。そりゃ、戸針は見捨てられたとばい。となると、わしは悪いことしたごたる」

と小田平助が困った顔をした。

「小田平助どのが困られることはない。尚武館に戦いを挑んできたのはあくまで先方にござる。それもたれぞに金子で雇われての所業です」

磐音は、小田平助に、伊皿子が会った相手が老中の嫡男田沼意知の用人とは告げていない。それを洩らせば尚武館の隠された立場が判明することになる。小田平助の人柄はすでに承知でも、軽々しく告げる話ではなかった。磐音は、

「あの者たちを小田どのは承知にございましたか」

と訊いた。

「面《つら》を合わせたことはなかたい。ばってん西国筋から上方にかけて、伊皿子風也一味の悪か噂はくさ、耳が胼胝《たこ》になるごつ聞きましたもん。衆に頼んでの悪さはいかんいかん」

と応じた小田平助が、

「それにしてもくさ、尚武館はあれこれと人材がおられますな。あん伊皿子どもの所業ば、一夜で調べられたな」

と丸い顔に驚きを隠せない様子だった。

「尚武館には数多《あまた》の道場破りやら、なんぞ曰くがあっての武芸者が姿を見せられます。大半は放っておいてよろしき武芸者にございますが、中には怪しげな輩もおられますで、時にその身辺を洗います」

「ほう、それは用心がよかことたいね」

小田はあくまで屈託がない。

磐音は元師範の依田鐘四郎と立ち合い稽古をなすことにした。

竹刀と竹刀が絡み合ったとき、鍔迫《ぜ》り合いの体《てい》で磐音は訊いた。

「家基様の御礼登城に従うておられましたか」

西の丸様には正月元日から三日、将軍家治に従い御三家御三卿三百諸侯、御目《おめ》見《みえ》以上の旗本、さらには古町町人《こまちちようにん》などの御礼登城の応対があった。

西の丸の側近衆の一人になった鐘四郎は、当然家基に従ったであろうと磐音は推測した。

「三が日の御礼登城、無事に済みました」

と鐘四郎が押し返しながら答えていた。大勢の門弟が稽古をしている中、二人の会話を他人が聞きとることは不可能だ。

「家基様はご堅固でございましょうな」

「初春の青空のごとくご爽快《そうかい》の様子と拝察いたしました」

「それは重畳《ちようじよう》」

「家基様が仰せになりましたぞ。尚武館の若先生はいつ西の丸に参るな、と」

磐音は家基の剣術指南をしていた。

「具足開きが明けたらと思うておりますが、師範、西の丸様の都合を伺うてください」

承知、と答えた鐘四郎が磬音を押し戻すように竹刀を持つ両腕を張り、間合いを生じさせると、打ち合いに転じた。その竹刀の音が心地よく尚武館に響き渡った。

稽古を終えた鐘四郎に磬音が、

「師範、年末年始、密かに稽古に励まれましたか。今朝はなんとも厳しい攻めにございました」

と笑いかけた。

「正月ぼけじゃと、ご奉公が相務まりませぬ」

と笑みを返した鐘四郎に、

「師範、それがしに稽古をつけてくだされ」

と曽我慶一郎が願い、磬音は初心組を見に行った。すると初心組の面倒を玲圓自らが見ていた。

速水杢之助《もくのすけ》、右近《うこん》兄弟や設楽小太郎《したらこたろう》らは玲圓の武名に恐れるふうもなく指導を受けていたが、籐子慈助と磯村海蔵、田神紋次郎の三人は、

「神保小路の剣聖」

と巷《ちまた》で評判の玲圓に指導されて大汗をかいていた。

「養父上、ご苦労に存じます。それがしが代わりましょう」

と玲圓に申し出た磐音は、

「籐子どの、磯村どの、田神どの、少しは尚武館の気風に慣れられたか」

はっ、と緊張の顔で籐子慈助が応じ、

「われら、なにをやっておるのか体がばらばらで、大先生に迷惑をかけております」

と告げた。

「なにっ、緊張のあまり動きがおかしくなられたか」

「関前の中戸道場と同じように心身を解放して稽古をいたせと命じたが、まだ尚武館の雰囲気に慣れぬようじゃのう」

「養父上、それは無理というものです。中戸先生の道場はいささか小さい上、二百人もの門弟衆が打ち合い稽古を繰り返す光景はございませんので」

「うーむ」

と洩らした玲圓が、

「と申すが、小林琴平《こばやしきんぺい》やそなたは最初から、佐々木道場の古兵という顔で稽古をしておったぞ」

「小林琴平は、養父上との打ち込み稽古にも臆《おく》することなく果敢に攻め込んでおりましたな。あの男は格別にございました」

と答えながら磐音は、亡き友の神保小路での激しい稽古風景を脳裏に浮かべた。

そして、そのことがわずか七年前のことだとは信じられなかった。

「若先生、稽古をお願い申します」

と速水左近の次男坊右近が言い出し、

「若い者は、若い先生がよいか」

と言いながら玲圓が見所に下がり、

「では、改めて直心影流の基本の型稽古を繰り返しますぞ。よいか、籐子どの方、この基本を怠ると後々技の伸びがござらぬ。地味な努力を怠らぬことです」

「はっ」

と初心組の三人が答えて磐音の指導で稽古が再開された。

土佐藩家臣にして一刀流剣術家麻田勘次の道場は、廓中の北側御屋敷筋の一角にあり、六百余坪の屋敷に茅葺《かやぶ》き屋根の道場が併設されていた。

この朝、重富利次郎は寛二郎に伴われて、初めて麻田勘次の屋敷兼道場の門を潜った。

漆会所の騒動から三日が過ぎて、高知城下はようやく落ち着きを取り戻していた。

あの朝、高知城下浦戸湾から早船が出て、室津、甲浦《かんのうら》を経て摂津《せつつ》大坂に上陸し、京を通過して東海道を下る使者が江戸藩邸の山内豊雍に宛てた書状を届ける旅に出た。

さらに高知城下では分家の深浦帯刀が屋敷内に軟禁され、屋敷は藩兵によって警護が行われていた。また深浦と密接な関わりを持っていた紙問屋土佐一、漆問屋五台屋、茶問屋掛川屋には町奉行、小監察の手が入り、即刻商い停止の命と同時に、家財没収の厳しい沙汰《さた》が下された。

藩主豊雍に代わって執行したのは執政佐久間織部であった。

織部は安永の藩財政改革を主導する久徳直利を呼んで相談し、江戸から下向してきた近習目付重富百太郎、土佐藩の町奉行佐野彦兵衛、小監察深作逸三郎らが集めた証拠の数々を参考にして決断したのだ。

土佐藩高知城下に、藩政改革に反対する一派の粛清の嵐が吹き荒れ、三日目にしてようように落ち着きを取り戻そうとしていた。

百太郎は漆会所の騒動のあと、城中に泊まり込んで後始末に動いていたため、利次郎らは城中でどのような決裁が行われているか知らなかった。

だが、その日の朝、城中からいつもの時を知らせる太鼓の音が城下に平静に響きわたり、廓中でも町屋でも、

「おお、どうやら始末がついたようだな」

「もはや土佐一はん方が大けな顔して歩くこともありまへんな」

と噂し合い、いつもの暮らしに戻った。

利次郎は寛二郎と話し合い、麻田道場への出稽古に向かったところだった。

道場は破風《はふ》造りで、長い歴史を思い起こさせる佇まいだった。

寛二郎が訪《おとな》いを告げると三井玄之丞が姿を見せて、

「そろそろ利次郎どのが顔を見せる頃だと話していたところだ。さあ、上がられよ」

と二人を道場へ案内した。

「利次郎さん、玄之丞は麻田先生の遠戚《えんせき》なのです」

玄之丞は一刀流麻田道場の門弟だったのだ。

道場は七十畳ほどの広さで、床板は厚い杉板で張られ、黒光りしていた。

利次郎は道場に入ったところで床に座し、神棚に向かって拝礼した。

「利次郎どの、参られたか」

と見所のかたわらから稽古着姿の麻田勘次が呼びかけた。立ち上がった利次郎は、

「麻田先生」

と麻田のもとに駆け寄ると床に座し、懐に持参した佐々木玲圓の添え状を、

「ご挨拶が遅れまして申し訳ございません。師匠佐々木玲圓よりの文にございます」

「なにっ、玲圓どのがそなたに添え状を託しておられたか」

と笑顔で受け取ると、

「この場で読ませてもらおう」

と見所に腰を下ろした麻田勘次が玲圓の添え状を披いて読み出した。

長い書状だった。

麻田は二度ほど繰り返して熟読すると、ようやく添え状から視線を外して利次

郎に移し、

「尚武館道場の威勢が、この麻田勘次の脳裏に彷彿《ほうふつ》と浮かんだぞ」

と懐かしげな表情をした。

「玲圓どのはな、もはや尚武館の運営は後継の磐音どのに譲られて、隠居の身ゆえ、近い将来、諸国に剣友を訪ね歩く旅に出たいと認めてこられた」

「えっ、大先生がそのようなことを考えておられるのでございますか」

「利次郎どの、玲圓先生はよき後継を得られたようじゃな。そなたら、若い門弟はすべて磐音どのが指導した弟子とも書き記しておられる」

「いかにも磐音先生は、尚武館道場にふさわしき十代目にございます。ですが、その磐音先生を手塩にかけられたのは玲圓先生にございますれば、ただ今の尚武館は玲圓大先生がおられればこその隆盛かと存じます」

麻田が大きく頷いた。そして、

「利次郎どの、稽古をいたそうか」

といきなり命じた。

「えっ、麻田先生のご指導を願えますので」

利次郎はその場で一礼すると、

「お願い申します」

と願った。

一刀流と直心影流の稽古はいささか異なった。だが、利次郎には麻田の指摘がことごとく新鮮に響き、必死で教えを吸収しようと試みた。

四半刻の立ち合い稽古が終わったとき、

「利次郎どの、玲圓先生、磐音先生の教えのままに育たれよ」

「はい」

と頷く利次郎にしばし瞑目した麻田勘次が、

「父上百太郎どのに従い、高知に来たことは、そなたの宿命にござろう。ためにそなたは真剣での果たし合いを経験することになった。それが、そなたにとってよきことであったか、悪しきことであったか。われらの時代の剣術家は、終生刀を抜かず生涯を全うできれば一番の幸せ、真の達人と申せよう」

その言葉を聞いた利次郎は愕然《がくぜん》とした。そのようなことは考えたこともなかったからだ。

「利次郎どの、それがどのような経緯《いきさつ》で剣を抜き、闘争に及んだか、物事の本質とは関わりなきことじゃ。ただ人を斬ったという重き事実は厳然とこの体に染み込んで刻まれる。麻田勘次、そなたにその重荷を負わせてしもうた」
「先生、浅はかにも重富利次郎、そのことに気が至りませんでした。今後どのように生きればよろしいのでございましょうか」
「剣を抜き合わせ、相手を傷つけた者は、真の達人にはなり申さぬ。われら、達人にはなれぬ。じゃが、なれるよう、生涯努力を怠ってはなるまい」
「はい」
ふうっと息を吐いた利次郎はその場で瞑想した。するとなぜか、高知城下に到着したとき、はりまや橋で露店の娘が利次郎に差し出した侘助の白い花が脳裏に、
ぼおっ
と浮かんだ。

巻末付録

江戸よもやま話
言葉――方言と共通語

文春文庫・磐音編集班 編

「小田平助、酒には目がのうてな、心根が実にたい、卑しかもん。礼儀知らずはご免くだされよ」

言葉は人柄をよく表すものです。小田平助の筑前訛《なま》りの言葉は、温かみと愛嬌があり、それでいて意志の強さを感じます。磐音と互角に渡り合う槍折れの武芸者を居候に迎え、賑やかさを増した尚武館。彼らを待ち受ける運命やいかに。

ところで、出身地の御国言葉でそれぞれが話すとき、互いの言葉を理解できたのでしょうか。今回は、磐音の時代を生きた人々の話し言葉に耳を傾けてみましょう。

参勤交代で江戸にやってきた東と西の武士が、互いの言葉が分からないので、「謡曲」

の言葉を使って伝え合った――。こんな逸話が残されているように、全国どこでも理解できる「標準語」はなく、意志疎通ができないこともあったようです。

では、江戸時代二百六十余年ずっとそうだったかというと、それはあまりに不便。幕府や他大名との交渉を、方言を使わずに行うにはどうするか。江戸時代初期の大名たちは、豊臣政権下で訓練された共通言語＝上方の言葉を江戸城に持ち込んだようです。詳細はよく分かっていませんが、二代将軍徳川秀忠《ひでただ》は「おじゃる」と話していたとも伝えられています。

やがて、秀吉の時代も遠くなると、「武家共通語」と言うべき新たな言葉が発達します。武士の共通の教養であった狂言や謡曲の言い回しや書状などに使う文語体をアレンジした言葉です。「ござる」「よしなに」「卒爾《そつじ》ながら」「恐悦至極《きょうえつしごく》」など、私たちが想像する武士の言葉が多いのですが、その特徴を揶揄《やゆ》するような話が十返舎一九《じっぺんしゃいっく》の『東海道《とうかいどう》中膝栗毛《ちゅうひざくりげ》』（一八〇二〜〇九刊）にあります。

ご存知、主人公の弥次郎兵衛《やじろべえ》と喜多八《きたはち》は、駿河国で大井川を渡ろうとしています。川越しの人足に法外の賃銭を要求されたので、宿駅を管理する問屋に直接交渉せんと侍に変装した弥次さん、「身《み》ども大切な主用で罷通る《まかりとふ》」と切り出します。最初こそ丁寧だった問屋ですが、荷物は邪魔なので江戸に残したとか、従者は麻疹《はしか》で宿に置いてきたので、今は二人だけだ、というあたりから怪しみ、「それは高直《かうちよく》じや、ちとまけやれ」と賃銭を弥次さんが値切ったことで正体を見破ります。「ばかアいはずとはやく行がよからずに」（馬鹿なこと言ってないでさっさと行け）と言う問屋に、「こいつ武士を嘲弄《てうらう》しおる。ふとゞきせんばんな」と強がるニセ侍でしたがすでに万事休す。逃げ出したのでした。

「身ども」という自称、「罷通る」などの改まった口調、「高直」「ふとゞき（不届）」「嘲弄」といった漢語、などが武士の共通語と考えられていたことがわかります。

もっとも、武士であっても、場所や相手との関係性など、いわばTPOに応じて言葉を使い分けていました。父が幕府御家人だった劇作家の岡本綺堂《おかもときどう》は、実際に会ったことのある勝海舟《かつかいしゆう》や榎本武揚《えのもとたけあき》について、こう記しています。

「話がはずんで来ると『おめえ』になって『おめえなんぞのような若けえ奴に、江戸のことが判って堪《た》まるものかよ』などと云う。これでその平生を察すべしである。併し、その武士がいざという時には、忽ちに『なんだ、べらぼうめ』を取り払って『仰せの通り、左様でござる』に早変りをする。（中略）武士と職人に比較すると、商人が最も丁寧である」

江戸城を中心に、上方から移住してきた大名が広大な武家屋敷を構えた台地の上、これをのちに「山の手」と呼びました。さらに、同時に上方から移住してきた富裕商人が、「下町」の表通り——京橋・日本橋・銀座といった狭い地域に表店《おもてだな》を構えました。つまり、上級武家と富裕商人が、江戸と上方の双方で共通する言葉を使っていたと言えます。

日本橋に住んだ戯作者の式亭三馬《しきていさんば》は、こうした社会的に高い階級が使う「然様然者《さやうしからば》、如何いたして、此様仕りましてござる」といった言葉が「しやんとして立派」だとする一方、「下司下郎」は「江戸訛」だと『狂言田舎操《きようげんいなかあやつり》』（楽亭馬笑と合作、一八一一刊）に記します。つまり、私たちが江戸っ子といって連想する「べらんめえ」言葉は、訛りのある方言としての江戸弁であり、江戸に諸国から流入してきた土木・建設・運輸と中小規模の商工業者が使っていたというのです。

では、江戸弁を三馬の滑稽本《こっけいぼん》『浮世風呂《うきよぶろ》』（一八〇九〜一三刊）から紐解いてみましょう。この作品は、男湯と女湯での様々な会話を再現したもの。解放感からか、あけすけで面白いものばかりなのですが、そのなかで、上方の女性と江戸の女性が言葉の違いを巡って互いをなじり合う有名なシーンがあります。

上方出身の女性「かみ」と、江戸生まれの女性「お山」が、風呂場で世間話を始めます。他愛ない話のはずが、スッポンの呼び方（上方は「丸」、江戸は「蓋」）や味付け、鰻の蒲焼の違いなどで言い争いになって、かみさん、お山さんを「へげたれ」（馬鹿者）と罵り、お山さんも負けじと「上方ぜへろく」（丁稚《でっち》や小者のこと。「才六《さいろく》」の訛りか）と言い返して……に続く場面です。

かみ「へゝ、関東《くわんと》べいが、さいろくをぜへろくと、けたいな詞《ことば》つきじやなア。お慮外《りよぐわい》も、おりよげへ。観音《くわんおん》さまも、かんのんさま。なんのこっちゃろな。さうだから斯《かう》だからト、あのまア、『から』とはなんじやヱ」

山「『から』だから『から』さ。故《ゆゑ》といふことよ。そしてまた上方の『さかい』とはなんだへ」

かみ「『さかい』とはナ、物の境目じや。ハ、物の限る所が境じやによつて、さうじやさかいに、斯した境と云《いふ》のじやはいな」

山「そんならいはうかへ。江戸詞の『から』をわら《（笑）》ひなはるが、百人一首の歌に何とあるヱ」

「関東べい」とは、「行くべい」「帰るべい」など語尾に「べい」をつける江戸の人への悪口。かみさんは、お山さんの江戸訛り（母音が連続すると、エ段の長音に発音される）――慮外《りよげへ》、云損《いひぞこねへ》、最期《せへご》、大願《でへがん》、忝《かたじけ》ねへ、万歳《まんぜへ》などを「ゑらう聞づらい」と次々と斬っていきます。これに対して山さんは、理由を表す言い方の「から」を、上方ではなぜ「さかい」というのか、なんと百人一首を引き合いに出して反撃します。

山「能《よく》お聞よ。百人一首の歌に、文屋康秀《ぶんやのやすひで》、『吹《ふく》からに、秋の草木のしほるれば』トあるよ。（中略）吹ゆゑにといふことを、吹からにさ。なんぼ上方でさかい

図　『浮世風呂』（国立国会図書館蔵）には、作中に登場する人物の挿絵「女中湯人物之図」が掲載されている。江戸訛りにツッコミを入れる女性は、最上段右から二枚目の「かみがたもの」だ。

〱と云ても、『吹さかい、秋の草木のしほるれば』とは、詠《よみ》はいたしやせん」（『浮世風呂』二編巻之上）

古歌は「吹からに〜」であって「吹さかいに〜」とは詠まない。これには、かみさんも「なる程《ほど》」と口をつぐむ。ここぞとばかりに、「べい」言葉も、「万葉集とやら」に書いてあると「博識《ものしり》な人」のお話を記した書き付けがあると畳み掛ける山さん。結局、何を争っているのか分からなくなったふたりは、互いの背中を流し合うのでした

(笑)。まるで漫才のような、小気味よい言葉の応酬を、大人の女性が風呂場で当意即妙にやり合っているかと思うと、いまでもその滑稽さは笑えます。

以上のように、江戸の中にあっても、大きく二つの言語空間——武士と商人の「共通語」と江戸弁がありました。江戸を出ればなおのこと、一里(約三・九キロ)も離れたら言葉は全く違うと言われ、全国には無数の方言が存在していたことが想像できます。

ただ、実は、江戸と上方以外にも「共通語」が通じた形跡はあります。

天明八年(一七八八)、文人画家の司馬《しば》江漢《こうかん》は長崎への旅の途上、日野の豪商中井家を訪れた際、地球の図を用いて講釈を行いました。それを聞いていた三十六、七歳の婦人が江漢に問います。

「只今御咄《おはなし》を承るに、天竺お釈迦さまのおいでなさる所も承《しやう》ちいたしましたが、極楽と云処は何《いづ》くにござります。私はどふぞ活《いき》て極楽へ参りとふござります。死んでいては一向に夢中故、どふぞ生て参度《たく》」(『江漢西遊日記』)

丁寧な物言いで、江戸訛りなどの方言ではありません。江戸府内から離れていても「最も丁寧」とされる商人の家であったからかもしれません。

また、磐音のような江戸勤番侍は、剣術道場や学問の私塾で「共通語」に触れます。

たとえば、有名な北辰一刀流玄武館《ほくしんいっとうりゅうげんぶかん》には、土佐の坂本竜馬《さかもとりょうま》、庄内の清河八郎《きよかわはちろう》、薩摩の有《あり》村次左衛門《むらじざえもん》など全国から門弟が集まりました。そこでめいめいが御国言葉で話しては、まさに学級崩壊。師のもとで学問や鍛錬に励む環境で、改まった言葉＝「共通語」を身に付けたはずです。さらに彼らが国許に帰ることで、「共通語」が地方に広まったと考えられています。

江戸の言葉は「べらんめえ」というイメージが強いですが、武士や商人が使っていた丁寧で形式的な「共通語」が、明治以後に「標準語」を作っていく下地になったのです。

【参考文献】
岡本綺堂「戯曲と江戸の言葉」(『江戸に就ての話』増訂版所収、青蛙房、一九六〇年)
鈴木丹士郎『江戸の声』(教育出版、二〇〇五年)
野村剛史『日本語スタンダードの歴史』(岩波書店、二〇一三年)

本書は『居眠り磐音 江戸双紙 侘助ノ白』（二〇〇九年七月 双葉文庫刊）に
著者が加筆修正した「決定版」です。

編集協力 澤島優子
地図制作 木村弥世

文春文庫

侘《わび》助《すけ》ノ白《しろ》

居眠《いねむ》り磐音《いわね》（三十）決定版《けつていばん》

定価はカバーに表示してあります

2020年5月10日　第1刷

著　者　佐《さ》伯《えき》泰《やす》英《ひで》

発行者　花田朋子

発行所　株式会社 文藝春秋

東京都千代田区紀尾井町 3-23　〒102-8008
TEL 03・3265・1211㈹
文藝春秋ホームページ　http://www.bunshun.co.jp

落丁、乱丁本は、お手数ですが小社製作部宛お送り下さい。送料小社負担でお取替致します。

印刷製本・凸版印刷

Printed in Japan
ISBN978-4-16-791494-3

⑲ 梅雨ノ蝶 ばいうのちょう
⑳ 野分ノ灘 のわきのなだ
㉑ 鯖雲ノ城 さばぐものしろ
㉒ 荒海ノ津 あらうみのつ
㉓ 万両ノ雪 まんりょうのゆき
㉔ 朧夜ノ桜 ろうやのさくら
㉕ 白桐ノ夢 しろぎりのゆめ
㉖ 紅花ノ邨 べにばなのむら
㉗ 石榴ノ蠅 ざくろのはえ
㉘ 照葉ノ露 てりはのつゆ
㉙ 冬桜ノ雀 ふゆざくらのすずめ
㉚ 侘助ノ白 わびすけのしろ
㉛ 更衣ノ鷹 きさらぎのたか 上
㉜ 更衣ノ鷹 きさらぎのたか 下
㉝ 孤愁ノ春 こしゅうのはる
㉞ 尾張ノ夏 おわりのなつ
㉟ 姥捨ノ郷 うばすてのさと
㊱ 紀伊ノ変 きいのへん
㊲ 一矢ノ秋 いっしのとき
㊳ 東雲ノ空 しののめのそら
㊴ 秋思ノ人 しゅうしのひと
㊵ 春霞ノ乱 はるがすみのらん
㊶ 散華ノ刻 さんげのとき
㊷ 木槿ノ賦 むくげのふ
㊸ 徒然ノ冬 つれづれのふゆ
㊹ 湯島ノ罠 ゆしまのわな
㊺ 空蟬ノ念 うつせみのねん
㊻ 弓張ノ月 ゆみはりのつき
㊼ 失意ノ方 しついのかた
㊽ 白鶴ノ紅 はっかくのくれない
㊾ 意次ノ妄 おきつぐのもう
㊿ 竹屋ノ渡 たけやのわたし
51 旅立ノ朝 たびだちのあした

新・居眠り磐音

① 奈緒と磐音 なおといわね
② 武士の賦 もののふのふ
③ 初午祝言 はつうましゅうげん
④ おこん春暦 おこんはるごよみ